陳幸蕙◎著

把愛還諸天地

目錄 Contents

卷二　把愛還諸天地

卷二 欣有託

卷四 記憶裡的一顆明珠

愛，是我的十字架

——重排新版序

不久前偶然發現，我出版的作品，書名中出現頻率最高的一個字竟是——愛——《把愛還諸天地》、《愛與失望：『二十年目睹之怪現狀』研究》、《愛自己的方法》等。

這現象所反映的意義應該是，愛，固是我持續關切的創作題材，但也很可能是我始終縈繞在心、反覆推敲、不斷叩問的一個生命主題。

雖是再平凡不過之人，但如果每個人都有他的嚮往、追求、承擔，與宿命的話，那麼，愛，或許便是我的十字架。

感謝九歌出版社在此書初版（一九八二）四分之一個世紀後，以新貌讓她再度面世。校對過程中，我除了修正標點和有瑕疵處、將四卷卷名改成較生動的標題，並抽掉三篇不盡理想且不合時宜的文章外，新版《把愛還諸天地》，一本舊章，仍清晰忠實地呈現了一名「銀匙勺海的世間女子」（余光中語），青春歲月的精神面貌、信仰執著，以及她對生活、對這個世界的愛情。隔著迢長的時光距離來看，滄桑之感外，更多的卻是——請容我如此說——忠於自我的欣慰。

本書封面照片，是二〇〇六年赴英格蘭湖區旅行時，於田園詩人華滋華斯故居RYDAL MOUNT附近山丘頂所攝。天地遼闊，陽光燦爛，本就是我最喜愛的景觀、境界，而廣宇悠宙間，背負行囊，於生命的某個時間點上，恰行至此處，在稍事休息後，正準備向下一個愛的腳程出發時，光圈一閃，與天地怡然晤對的身影，遂在紙上凝定。無限延伸的視野、充滿象徵的圖景，書名與人物心境相互呼應、指涉，這不需設計的書衣，乃成為我最喜歡的作品封面。

簡言之，十字架於我，不是受難的標記、犧牲的符號，而實實在在的卻是，世俗責任的承擔、人間征程的隱喻。雖在這千瘡百孔、紛亂不安、令人傷痛錯愕的時

代，若真論及愛，未免奢侈，也不乏沉重、悲情的成分，但人間行走多時，相信我已比當年內在更為強壯。

於是，《把愛還諸天地》多年後，我提醒，也鼓舞自己，應以勇氣、使命感，再加點歡喜和幽默，去繼續調理那始終縈懷在心的寫作，與生命課題。

而當哀麗的二十一世紀，全球暖化危機超乎想像地嚴重，所謂「氣候難民」（climate refugees）在數量上已超過「戰爭難民」（war refugees）時，我意外發現，「把愛還諸天地」一詞，竟如此貼切地充滿了環保意味。

因此，這其實不只是一本散文集書名，更是迫在眉睫、必需付諸實踐的行動！

愛的長路何其漫漫，挑戰艱鉅，又並無盡頭。

但微笑著把行囊重新背上肩，我決定——

開拔！

陳幸蕙

二〇〇七年四月十二日

台北新店

水波澄碧的半畝方塘

——初版推薦序

張曉風

幸蕙的文章，像她的名字一樣，是一株精緻而古典的芬芳。

她早期的作品，詠花寫石，有如幾經輪迴後仍依稀可辨的南宋小詞，出自類似李清照的一雙皓腕，使人一見傾心。

但是，太精純的東西不也令人不安嗎？彷彿象牙層雕，一重復一重的美麗和準確，卻叫人拿它不知怎麼辦才好。我自己倒是蠻喜歡的，因為愛那文字間有舊文學的伏流暗湧，隱約有波瀾即將成潮。

欣見她的新書《把愛還諸天地》出版，細細讀來，仍然只能借前人的句子，把她看作水波澄碧的半畝方塘，她曾不斷接受遠水的挹注，也從不停輟地欣然流向其他心田；願此水常汩汩而流，願此清常瑩然映目。

卷一

蔬圃麗日

山中筆記

羅漢阿里山

如果，玉山宜雪，八卦山宜晴，陽明山宜於群櫻爛漫如錦的春天，那麼四季長青的阿里山，便似乎無時不宜了。

登上阿里山，我們沒有征服它的英雄感覺；不，趺坐在嘉南平原上，如羅漢沉思的阿里山，是不須征服也不能征服的。

當我們坐上迷你橘紅小火車，穿過雲、穿過霧、穿過好風如水，進入那萬碧環合的清涼世界，我們和山之間的界限，就已經泯除了。

參天的羅漢，無言的羅漢，俯視滾滾紅塵卻禪定不動的羅漢阿里山，是縱任我們在他的衣領穿梭、在他的髮際遨遊、在他的滿臉于思中盡情探索的。

在山裡，人和自然不再是對立的個體——濃密的樹蔭，喜歡把它重重疊疊的青翠，印上我們的白衫；偶爾出沒的松鼠，也喜歡以牠閃閃躲躲的身影，在枝間葉隙，淘氣地和人捉迷藏。雖然，你不一定是瀟灑的山中客，但是，空氣鮮潔，仄徑幽深，大蓬大蓬的羊齒植物，自在地開向山谷；千年的群樹，蒼然無言，到處都有閒和靜穆的召喚吸引，吸引你向白雲盡頭、大地深處走去。你竟然有回家的感覺。

而阿里山中，無人的安寧，是一面透明無形的巨網，懸垂在天地之間，濾除了人間所有言語，只留下三兩點鳥啼，四五聲蟲鳴，和此起彼落的足音。無邊潛靜，把耳際聽覺的世界，拓展成一片遼闊無垠的曠野，乾淨而清空。

這時，連你的心也乾淨清空起來。在四圍山色之間，自然不再遙遠，天地不再狹隘，時間的流淌不再那麼急促，在不知不覺之間，你彷彿就已漸漸走成巖際一片雲、站成溪邊一株樹、坐成松下一塊石，變得安寧了、簡單了、可愛了，再也不復記憶山下的勾心鬪角，人間的爭名逐利。

這時，你很容易想起——「一片自然風景，是一個心靈境界」——這樣的話。

你不知道，人在山中，究竟是活潑潑的天機，又重新塑造、誕生了一個新我？還是灰濛濛的一顆心，已被拂拭得明潔如鏡，從其中，你又照見、找回失落已久的故我？

但是，迴望谷底那依稀可辨的幾戶人家，以及冉冉昇起、若有若無的炊烟，你的胸懷灑落，意念澄清，你知道，羅漢阿里山，是經過千年萬年的潛心靜修、盤腿禪坐，才練就了如今澹然無心的姿態的……

人在山中，你心底最緊閉深鎖的一扇窗戶已悄然開啓；你終於明白，人生，最潛沉淵深的幸福，或只是心頭那一片俯仰自得、觀照萬物的寧靜而已。

有木如神

阿里山上，有木如神，統領群樹世界，據說，它已有三千多歲。

微傾的樹身，是以比薩斜塔之姿，矗立在千巖萬壑之間——不同的是，斜塔已有坍頹之虞；而它，卻仍有信心，再迎接另一個三千年。

三千年！人生的小永恆。一枝嫩芽成長爲如今的參天巨樹。想當初，細小的種子方破土萌芽，商湯王或已弔民伐罪，希伯萊王國尚未建立，人類文明，猶是剛出生的嬰兒，世界單純而稚拙。然而，不過是幾番滄海桑田、幾番盛亡興衰、幾番春雲秋夢，才一眨眼，三千年時光竟洶湧而過，千堆雪騰空捲起，淘盡舊有一切，人間，早已是另番面目。

三千年的風霜雨雪！三千年，生命永無法跨越的一段時光走廊，而它，卻締造了奇蹟，穿過歲月最嚴格無情的試鍊，成爲人類歷史的見證，挺立至今，不曾傾頽。

站在樹下，抬頭凝望那似澹然又似傲岸的風姿，便不由得人不深思。

我們很少以那樣的仰望，看世間事物，除了看天；而神木，也確實需要我們這群浮生過客，以禮天的崇敬去瞻望它。在灝灝悠悠的時光之流裡，當我們舉頭，定睛凝視，那樣企慕的眼光，或許，其中所流露的，正是一種對「不朽」的嚮往與讚頌吧？

人說，阿里山上，有木如神，統領群樹世界；在樹下，我果然聽見它「與永恆拔河」的聲音。

——七十年十二月三十日《聯合副刊》

日出舞台

阿里山祝峰的觀日台，是一個有趣的地方。

每天凌晨三、四點，在烟塵迷離的大都會，也許，享受消夜的紳士淑女，還不曾結束他們紙醉金迷的夜生活，但，這兒活潑熱鬧的早市，卻已蓬蓬勃勃地展開了。

早市的小販，通常都有一張紅撲撲的臉孔，簡陋樸實的手推車前，數盞微弱的風燈，會切開黑暗，在山頂交映出一團又一團融融洩洩的光輝。小小的瓦斯爐上，孔雀藍的火焰，如菊花盛開，上面永遠坐著蒸冒淡白水氣的大鍋，或嘶嘶作響的老式鋁製水壺。這時，群星在天，冒著寒意與睏倦登山、守候日出的人，遠遠一見，便打從心底湧生溫暖與感激的波動。——因爲，人間有人，以他們可愛而不市儈的聰明，在山頂提供最實際的驅寒服務；因爲，冰冷的雙手，掬捧一杯熱氣蒸騰的牛奶豆漿或咖啡，細細啜飲，乃是寒冷的早晨最大的幸福。

而觀日台，那樣一處寬廣平坦的露天劇場，此時在滿空星斗籠罩之下，正和玉山主峰的舞台，遙遙相對。

海拔三千多公尺高的日出舞台，寂靜神祕，終年風貌不變，只偶爾積雪如玉。舞台上，沒有道具、沒有布景、沒有深垂的簾幕；即將上演的戲劇，沒有情節、沒有對白、也沒有音樂效果。自有天地以來，每天同一個時辰，一幕無聲的詩劇，都以壯麗無比的聲勢，在此皇皇然登場一次。永遠相同的演出者，永遠不同的觀眾，「天行健，君子以自強不息」——那樣一齣以天地爲背景，以白雲爲帷幕的日出之劇，似乎永不會有落幕的一天！

爲了欣賞這「大音希聲」的戲劇，守候日出的人，通常都必須起個黑早，推開慵懶、推開朦朧睡意、推開溫軟的床褥，在凌晨那一大片森森然的寒冽之中，跋涉登山；並且，忠實地從明星如鑽的暗夜，守候至東方既白的黎明。

那眞是一段考驗你毅力、耐力和誠意的歷程。

在默默的等待中，月影會逐漸清淡、星芒會逐漸稀疏、天光會逐漸明亮，遠山的輪廓，也會逐漸清晰起來——天地雖然無言，但你知道，它確實是飽含著躍躍欲發之朝氣的。

而當陽光的金線，終於自山頂迸射出來的一剎那，觀日台上，爆出一陣興奮的歡呼，群峰萬壑也終自昨夜沉酣的夢境中，完全醒來；整個世界，遂在這最美麗的瞬間，重獲新生，開始了光明純淨、充滿希望的另一天。

日出之後，雲海浮盪，乾坤朗朗，所有曾屏息以待的觀眾，臉上都會展現出心安滿足的笑意，彷彿完成了一次虔誠的朝聖活動，人群逐一散去，山頂的早市也散了。

這時，萬千瀟灑，野鳥飛來，觀日台上，又是一段閒暇。

——七十年十二月十七日《中央副刊》

蔬圃麗日

一、碧葉離離

黃昏時分，我和婆婆騎著單車，到田裡摘取新鮮的甘藷葉，充當晚膳。碎石路上，幾個戴笠荷鋤的農人，正牽著壯碩的水牛，蹣跚而歸，婆婆和他們一一親切地打著招呼。簡短對話的客家餘音，迴盪在清寂安靜的暮空裡，格外顯得溫馨。我跟在婆婆身後，也含蓄謙謹地朝他們點頭微笑。

來到田裡時，婆婆解下腰間鐮刀，俐落地割下一大把鮮嫩的莖葉，隨即蹲在溝邊，就著山間流下來的白嘩嘩的泉水，迅速漂洗著。

柔弱無力的夕暉，輕輕鋪灑在她寬厚的背影上。四周很靜，附近稻畦的穗子，因著飽滿豐實的穀粒，而默默垂下了頭；東阡南陌之上，幾株高矮不齊的檳榔樹，臨風搖曳枝葉，自成風景；遠處的菸樓，則宛如一座座古意盎然的小碉堡，為南台灣這充滿稻花芳香的小村落，點染出獨特別致的格調來……

我一時貪看暮色，竟忘了到田裡來的目的，等猛然意識到該去幫忙婆婆時，婆婆已把菜洗好了。

她站起身，熟練而自然地甩去葉上多餘的水分，又隨意割下一段老而仍韌的藤莖，充當繩索，就那麼一綑，便欣欣然把甘藷葉交到我手裡，臉上帶著滿足讚嘆的神采說：

「妳看媽媽種的，眞幼（嫩）啊！是軟糯軟糯的甘藷葉呢！特別好吃。妳先帶回去，用豬油炒一炒，媽媽還要淋菜，等一下再回來。」

我從婆婆那雙布滿皺紋、指縫中有明顯泥垢、從不知蔻丹為何物的手中，接過那猶自滴水的青翠蔬菜，心裡忽然百感交集。因為，那是和生活奮鬥過的一雙手，是握過鋤頭、拔過草、施過肥、也收穫過的一雙手。小園中碧葉離離、佳實纍纍的景象，便是由這雙並不美麗的手，拓展而成的；而一個四體不勤、五穀不分如我的人，如何能對這樣一雙終朝撫觸泥土的手，不湧生無限敬意呢？

晚餐桌上，婆婆一如往日，談笑家常；幾樣清淡簡單的菜肴，在她看來，竟是如此芳鮮適口——蛋，是雞窩裡方才撿拾起來的；豇豆，是老鄰阿煥伯特地送來請她嘗新的；紫茄是暮春下的籽，近日收成的；而甘藷葉，則是自家田裡剛剛摘取回來——這裡，沒有農藥的陰影威脅，沒有速食品的匆遽草率，有的只是鄉野之間淳樸的人情，和自給自足、隨遇而安的生活趣味而已。

看著婆婆燈下的笑容，那樣坦然無憾，那樣不憂不惑不懼，我不免沉思：兩千多年前，當孔子說：「吾不如老農」、「吾不如老圃」時，或許，那並不全是謙詞，而是眞有如許感慨的喟嘆吧！

二、生活中的苦澀與甜美

在月光山下，那塊面積不大，但卻極其肥美的土地上，婆婆曾種植過香蕉、柳丁、蓮霧和椰子；後來由於家境好轉，才改種一些不太花人工的蔬菜。然而，果園也好，蔬圃也好，不論哪一個時期，婆婆似乎總不忘種植那種匍匐在地、生命力極強的甘藷。

也許，那是一種「飲水思源」的心理使然，對於日據時代的甘藷簽，她和月光山下的每一個人一樣，都曾有刻骨銘心的記憶。

而在那段飽受煎迫的日子裡，據說月光山下每個人，都曾吃過相當的苦，三餐不繼是常有的現象；因此，每逢甘藷收成的季節，婆婆從田裡挖掘起那種埋在地下的果實後，便如獲至寶般地生刨去皮，再細剉成絲，遍灑在老家屋前的曬穀場上，任烈日收乾它們隱含的水分，直到甘藷簽成爲潔白酥脆的乾糧，這才一一撿拾起來，貯存進那只暗褐色的粗陶大甕裡。生火煮飯的時候，就在鍋中以四分之一白米，四分之三甘藷簽的比例，熬成稀粥，以度過每一個刮見米缸缸底的日子。

生活如此艱辛，但日子在省吃儉用、不怨不尤之中，也自有一份心安理得的踏實在。並且由於對未來的遠景，抱持一份虔誠美好的信念，因此，所有的清貧困苦，也並不能削減什麼、剝奪什麼；倒反而在極有限的物質環境裡，開始對食物存有一種敬謹之心，覺得溫飽平安是莫大的幸福，於是，來自大地的每一樣東西，都可貴而值得感謝。

當然，生活中的種種苦澀，也曾使人失望流淚；漫漫歲月裡的辛苦掙扎，曾催人衰老，但由於忍耐、由於奮鬪，也由於不斷地向上仰望，堅韌的生命終能超越在憂患與磨難之上，而從生活自身，獲致融通的智慧。

透過這樣的角度來看，做為一個從事耕耘——耕耘大地，也耕耘人生——的人，婆婆種甘藷的心情，我想我能夠了解。我了解她如今凡事「惜福」的虔誠；我也終於明白，一個目不識丁的農婦，為什麼獨能對生活擁有如此廣大的包容？如此深厚的愛心和耐心？

而當歲月周流，所有流汗淌淚的日子都成過去；當種種苦澀，已化為唇邊雲淡風輕的一朵微笑時，或許，那就是我們收穫生命秋實的時候了吧？苦澀之所以可以回甘，苦澀之中，苦澀之後，所以不乏甜美的感覺，那是因為我們曾盡心生活，那是因為對於人生，我們已俯仰無愧的緣故。

三、繁華落盡見真純

許地山先生在他有名的〈落花生〉一文中，曾對花生有過至深的讚美，對於這一則平實精簡的小品，一直不能有更深切的體會；後來，在蔬圃中，看見婆婆自地下掘出甘藷，那麼碩大美好的果實，不懸垂在枝頭，炫耀自己的成熟，卻沉默安靜地埋在大地的胸膛——那樣恬然自安的生命形式，究竟是想向追求浮誇的人們，揭示一種什麼樣的眞理呢？一時之間，神爲之凝，思爲之深，這才終於明白「落花生」的雋永之處；同時也不免覺得，許先生文中的一番話，移之以譬甘藷，也未嘗不可。

然而，這種本色當行的植物，在所有蔬果中，卻是品類最低、價格最廉的，許多人對它根本不屑一顧。畢竟，在已逝的年代裡，它曾是貧窮人家賴以維生的主食，而在一個繁榮富裕的社會中，太多光怪陸離的事物，吸引了人們的注意，人們無暇無心去細品樸實之美，也不願聯想起貧苦，因此從根本上排斥這些東西。

對於甘藷，我一向也甚少接近，偶爾瞥見，總覺得這土裡土氣的傢伙，著實難登大雅之堂。

然而，許多年過去，都市生活裡的浮浮沉沉，人生道上的幾番風雨，雖不能說對人間世相已有透徹的洞察，但卻也漸能體悟：在所有的浮華不實、虛飾巧詐之後，土裡土氣的事物也許可笑可惱，但其中的純樸、愚拙、與安於本色的理直氣壯，對於疲倦空虛的心靈來說，卻是一種莫大的安慰與潤澤。

在廣大迷茫的世界裡，人要維持本色、安於本色，保有那一點赤子之眞，是何等不易？許多時候，爲了某些荒謬的理由，甚至爲了某些我們所不能了解的原因，我們便在這浮華匆忙的世界裡迷失了，被淹沒了，再也找不到以前的自己。精神上的墮落，使我們四顧無依，徬徨迷惑，但在內心深處，我們依然嚮往一種歸眞返璞的清純境界，渴望獲得眞正的輕鬆與自由。

而當所有虛矯不實的東西都失落的時候，驀然回首，燈火闌珊之處，也許眞正能感動我們、撫慰我們、使我們流淚的，不是浮名，不是虛利，不是熱絡的人際關係，而應是來自鄉土，來自記憶深處的親切召喚吧？

如今，在市場上，看見挑擔售賣甘藷根莖和嫩葉的小販，心頭便湧起親切之感。我常身不由己地要俯下身去揀選一些，並且極爽快樂意地掏出口袋裡的錢，一方面因爲我服膺朱子治家格言上的寬厚教訓：「與肩挑貿易，毋占便宜。」一方面我想起婆婆，想起了南台灣麗日之下那一方生意盎然的蔬圃；而另一方面，因著這土裡土氣、難登大雅的植物，我開始了解「繁華落盡見眞純」的眞義，並且對於滾滾紅塵中的五光十色，不再迷惑。

——七十年八月二十二日《聯合副刊》

消夏

一、仙草冰

夏日的暑熱，總是一開始便密天匝地撲來，不留餘地。挽著提籃上菜場的當兒，偶然見到仙草冰上市，就覺得那樣光潤烏沉的東西，是在爲余光中的詩句「暑假剛開始，夏正年輕」做註腳。

的確，在島上小市民生活裡，仙草冰早已成爲「立夏」的標幟。當吹在臉上的風，不知不覺地溫暖起來；當穿在身上的衫子，不知不覺地薄得透明時，彷彿眾所周知的記號，仙草冰便陸陸續續在街頭出現了。

儘管農業社會裡，種種古老的東西，都已經不合時宜地漸被淘汰，或成爲只能存在於記憶裡的古董；但即使是新奇討巧的冰淇淋捲大行其道的時刻，街頭巷尾、甚至每一個小康殷實的家裡，清淡雋永、市井風味的仙草冰還是被深深地懷念著與喜愛著的。

仙草冰說來，其實無香無味，它最大的特徵便在於它的色——墨黑，一種並不怎麼適宜在夏天出現的顏色。所有屬於夏日的色彩，似乎都是明亮的、耀眼的、令人意興飛揚的，但仙草冰卻獨願把灼熱與煩躁都沉澱下來，凝固成那樣柔潤罕見的黑玉。

也許正因爲那樣近乎禪定的黑，寧靜得有如初夏之際最最清涼的一塊夜空，什麼也穿透不過，因此，心浮氣躁，什麼也把握不住的夏日裡，烏亮如玉的仙草冰，就格外令人產生一種沉靜的感覺了。

而當你從小販手中，以最低的消費把它買回來，放在透明的淺盅內，隨意用水果刀劃上幾劃，澆上一點化開的糖水，簡單製作的過程，就能產生一道非常實惠且充滿即興趣味的夏日小品來。

也許，仙草冰的整個好處，便在於這樣的不費力吧？

——你毫不費力地買回它、不費力地在陽台的小几上料理它，也毫不費力地享受它停留在齒隙舌尖的感覺。那種入口之後，並無固定形狀，只是軟涼滑溜，自由激盪著脣舌的輕鬆，對任何人來說，都應是一樁特殊有趣的飲食經驗。因此，吃仙草冰的人，絕沒有橫眉豎目或喋喋不休的；那是汗出如漿的夏日，一顆飛揚浮動的心，最近乎「止水」境界的平靜時刻。

長輩們常喜歡說，仙草冰可以「消暑祛渴」，而領略了仙草冰好處後，赤日炎天之盛夏，似乎就眞的不那麼難以忍受了，因爲走在街頭，只要看見仙草冰，我們就覺得自己——徹頭徹尾被敷上一帖清涼。

二、飛昇的菊花

晚明小品文家張岱，在有名的《陶庵夢憶》中，曾引述朋友的話說：「濃、熱、滿，三字盡茶理，陸羽經可燒也。」這樣的話，說得乾脆，但細想之下，也未必盡然；至少，夏日冰鎮過後的菊花茶便是個例外。

　　當然，隆冬深夜，靜靜啜飲一壺溫暖的鐵觀音，可以享受「以茶當酒」的寒夜之樂；但炎炎夏日，手捧一甌冰鎮透心的菊花清茗，涓滴品賞，卻另有一番幽趣。

　　而做爲一個飲者，仲夏之際，我獨鍾愛菊花茶，是因爲那樣一缽飄浮著菊花的澄淨之水，似乎具有一種溫和無邊的法力，能使人自酷熱煩躁的死谷中飛昇起來，就像一朵朵圓滿小巧的菊花，在水霧氤氳之中，自杯底飛昇至淡綠的水面一樣。此時，所有棼亂浮囂的意緒、忙迫勞形的人事，都化作寂淡的烟塵，自心頭遠去，於是，人雖仍在火熱熱的人間，但心境安閒，卻無異置身茂林修竹或一方荷亭之上，悠然避暑了。

　　透過菊花茶，飲水思源，我常不自覺地想起我們的老祖宗，在品茶藝術上原是如何地精緻獨到。

　　日本的茶道，一向規矩太多、講究太嚴；西方人又喜歡不倫不類地在茶裡傾注牛奶、方糖或檸檬，完全是喝咖啡的方法。似乎只有我們聰慧的老祖宗，懂得在身心閒適之際，不藉外物地直品佳茗本味；如果一定要添加什麼，那也不過是投下三兩朵「精、燥、潔」的乾花，如茉莉、杭菊之類，去增加一注清茶的風致罷了。

而當砂壺裡已然沸透的滾水，沖注至杯中，所有的菊花都變得圓潤起來的時候，你必然會由衷感到驚喜。因爲中藥號的錫罐裡，那樣輕輕縐縮成團的小東西，竟會以如此輕盈流利的翻飛方式，在沸水中昇華它們自己，開始第二度的生命；只是這一次，袖珍的淡金菊花，不開在枝頭，卻安靜地開在茶盞裡。

所以，夏日芳醇的菊花茶，不只是平淡單純的杯水而已，在啜飲它獨具的苦香之前，那樣一幕神奇浪漫的飛昇短劇，實在也是一則值得回甘、值得品味的微妙啓示。

如果，炎炎夏日，整個世界是一團濃得化不開的油彩，那麼，做爲一個飲者，我慶幸自己是一個嚮往清淡的茗客，而非追逐沉醉的酒人。

三、碧沉西瓜

往來南北高速公路，台灣平原丘陵的安寧與豐饒，總像是鄉土畫家筆下，清麗淳樸的透明水彩畫，一年四季，各以不同的題材，在天地之間遞嬗著。但是，在所有不同的窗外景觀中，最令人印象深刻的，或許還是暮春時節恣意盛開的菜花，和初夏橋墩之下成陣羅列的西瓜吧？

菜花耀眼的黃，是染坊裡新調和成的色彩，成片潑濺出來的結果。那種自成格局、恰到好處的氾濫，是只有天地這樣的作手，才能夠鋪排得出來的。

如果成畦的菜花，是后土之上段落鮮明的大塊文章，是幾何學裡最精整富麗的平面；那麼沙田內星羅棋布的西瓜所展現的，便應是疏淡自如的點的趣味了。

孟夏時分，車行過橋，往往遠遠地，你就可以看見在沙地上懶洋洋前進的淺河，忽然沒來由地消失了它們的尾巴，卻另在寬闊的兩岸，謙讓出一大片肥沃的瓜圃來。而遠處，秧針半吐的水田，如棋盤一樣整齊排列；近處，無心散落的綠色棋子，閒閒地被灑在局外，可是走得更近了，棋子擴大成深碧的卵石，你才猛然醒悟，那成點狀分布的碧綠，竟是臥在沙地上安恬地曬著太陽的西瓜。

每一次見到那樣胖呵呵的瓜，就忍不住想起鄭板橋所說「原上摘瓜童子笑，池邊濯足斜陽落，晚風前個個說荒唐，田家樂」的句子來：瓜熟蒂落的時刻，橋下的世界，想必也就是這樣充滿了收穫的歡愉的。

然後，當成卡車成卡車碧沉沉的西瓜，集散到各地的果菜市場，那便是揮汗如雨的夏日，喉舌焦燥如焚的人們，最能夠大快朵頤的時候了。

其實，西瓜給人的感覺，說穿了，只是「痛快」兩字——汁水淋漓的痛快；當然，除此而外，在所有根瓞綿綿的瓜類中，它也是最美麗的一族，那種一刀剖下，碧沉與朱紅、或是碧沉與金黃的鮮活對比，都不是其他一清二白的遠親所能夠望其項背的。

明末清初的才子金聖嘆，在《西廂記》批語中，曾寫下膾炙人口的不亦快哉三十三則，其中有一則便是這樣的：

夏日於朱紅盤中，自拔快刀，切綠沉西瓜，不亦快哉！

流火的七月，偶然在案頭邂逅如此豪放不羈的名士，讀到這樣讓人拍案的文字，倒眞有一種精神爲之一振的暢適快感。

於是仔細想來，酷暑似乎也並不那麼可詛咒了，因爲在碧沉西瓜豐沛的汁水中，享受醍醐灌頂的痛快與酣然，是別的季節都不會有的專利。

——七十年五月十四日《聯合副刊》

編按：本文之「碧沈西瓜」曾多次選入國中國文課本

五月・風箏・少年

小時候
我不認識字
媽媽就是圖書館
我讀著媽媽

——三〇年代詩人綠原

暮春時節，媽咪，我從草原上走過，到您安息的地方，獻上一束新鮮的矢車菊。

已經是五月了，田野裡到處瀰漫著青草的氣息，微風輕輕掀起我寬大的童子軍領巾，拍撫我紅潤的雙頰；在陽光下，捧著那一束淺紫燦爛的花，我一個人獨自走著，心底漲滿模糊溫熱的感覺。

是的，已經是五月了，媽咪，這是您最喜愛的一個月分——您看那低低起伏的小山坡，您看那星星點點一路淡下去的野花，還有那銀帶子似、閃著晶光的小溪——在這童話似的世界裡，媽咪，我們曾一起度過許多眞實美麗的時光，對不？今年的五月，仍和往年完全一樣，但，爲什麼我走著走著，想著想著，眼前就浮起一層薄薄的水霧了呢？

曾經，有好幾個春天和夏天，您騎著單車，帶我走向遼闊的田園，去仰望頭所頂戴的天，去俯視腳所實踏的地，去感受生命的喜悅莊嚴，去一一認取這和諧圓融的世界。

當太陽如一枚金幣懸在很藍的空中，您讓我看見，田野裡燦黃如一輪圓盤的向日葵，是以如何崇拜仰慕的神情在讚美著它；而溪邊爬滿一座矮籬的牽牛花，又如何紛紛拿出它們淺紫的小喇叭，開始吹奏「早晨的光榮」。

在那根鬚冉冉的老榕樹底下，您讓我看見，細小的蝌蚪，是怎樣在一方清淺的池塘裡栩栩游動著；青色的蚱蜢，如何在黃土地上前後左右地蹦跳；而遙遠的山頭，又如何可喜地終日堆聚著冰淇淋似的卷狀白雲。

許多個下午，從清熟的午寐中醒來，我們便穿上軟軟的白色涼鞋，戴寬邊的圓形草帽，一同穿過那清涼碧綠的竹林，到草地上放風箏。

那是我童年時代最鮮明愉悅的一樁記憶，媽咪。

我們總在平坦寬敞的草坪上奔跑著、合作著，讓柔軟的風，奇妙地把風箏漸漸托起，托起，托到空中，托到雲端，一任手裡圓圓的線軸，流利轉動，並且發出呼嚕嚕的愉快聲音。

那時候，我總是很開心，總覺得好幸福，好滿足。

我不知道，風箏也有斷線的時候；正如我不知道，幸福的小男孩，也有失去母親的一天。

哦，媽咪，在我床底那隻小籐箱裡，至今依舊藏著一只我們未完成的風箏。那絲絲縷縷的紙穗、那色澤如新的竹篾薄片，還有那綑紮成團的米白棉線，都已經成爲永遠的紀念了。

在您初離開那段日子裡，媽咪，我曾是孤單寂寞的，我的世界不再豐富，我被暴露在沒有庇護的現實中，太早就接受了人生並不完美的事實。

生活，曾經給予我許多歷練和考驗，在一個十四歲少年的心裡，刻劃下一道又一道深深淺淺的傷痕；但我的心底，依然鋪展著一片厚實溫馨、足以包容任何打擊的大愛。隨著年光流逝，我終於漸漸明白，媽咪，那正是您所賦予我的，您教會了我，在任何時刻、任何地方，都無怨尤地去熱愛這個世界；翻遍許多有形無形的大書，我知道，那是活在這個世界上最重要、根本的一件事。

我沒有讀過太多童話，我的生活也沒有太多夢幻的色彩，但當我成長，我卻開始漸漸了解，我的童年，其實就是一篇完整可愛的童話（只可惜太短暫）；而在腳踏實地的生活裡，我不需要太多夢幻來妝點自己。

媽咪，我已經長大了，長成爲一個英挺健康的少年，正努力學習以一種不懷陰影的心情，迎接每一個新的日子。我並不過分追求完美，這個世界，本來就有許多欠缺，且讓我以一個少年最純潔坦然的愛，去接受，並彌補那種種缺憾吧！

哦，媽咪，今天的這束矢車菊，您還喜歡嗎？彷彿，我又看見您溫暖動人的微笑了。

人說五月的日子，總明媚得近乎傷感，但是媽咪，我並不悲傷，我已經擦乾了眼淚。知道您一向都希望我快樂地活著，我遂又感動、喜悅起來。

媽咪，我的心，是五月的田野，是田野上迎風飛翔的風箏，是風箏之上一望無際、乾淨晴朗的天空。

——七十年五月十四日《聯合副刊》

卷二

把愛還諸天地

春雨・古宅・念珠

清明後不久，因著一段偶然機緣，我到市區近郊一個朋友家去小住了兩天。

纖如星芒的小雨，在午後微明的天光中，織起一陣薄烟。陌上春泥，酥潤如膏；小徑兩旁棋盤似的水田，碧秧綹綹；遠處的青山，則宛如宋人筆端疏淡的水墨；潔白似雪的鷺鷥，便在這遼闊安寧的田園世界裡，冉冉飛翔。我們兩人，各撐一把碎花洋傘，彼此沉默，但卻心情極好地走向她那在春雨中的家。

那是一棟前清遺留下來的古宅，已有百年歷史。

歲月的步履，雖曾在它身上留下風雨剝蝕的痕跡；光陰的長河，也終淘盡它所曾有過的風采——但是，當我隔著寬廣平坦的曬穀埕，與高大的堂屋正面相對時，那傳統建築所隱然透出的雍容氣象；那力道十足，向天際斜飛的簷角；那雖已陳舊，卻仍然堅實美麗的赭紅甎片；還有，那自光緒年間，便一直懸掛至今的「穎川堂」橫匾，卻無一不在我年輕的心裡，引起陣陣激盪，彷彿有一股力量，正穿越歷史，破空而來，與我相互感應。

我默然佇立，接受這溫和的撞擊；曾經膜拜西方、信仰現代的瞳孔，此刻竟不禁微微發熱。

在若有所悟的深情凝視中，我忽然感到傳統、感到曾屬祖先的事物，原是如此可親，和我們是如此接近。中華文化，不是飛揚耀動、誇飾炫奇的，因爲它多半在憂患中產生，歷經滄桑劫難，而後代代薪傳，就像眼前這一座法相端嚴的古宅一樣，沒有金碧輝煌的外貌，然而，它的潛沉淵深、包容豐富，它的含蓄蘊藉，卻不是浮薄之徒，或好奇稚嫩的心靈所能想像；也許，只有當我們寧靜下來，以一種近乎中年的心情去感受、體會，方有可能與之相遇吧？

雖然，在歷史進化過程中，我們不宜過分崇拜傳統、迷戀過去，但是，透過對傳統事物的省思與接觸，我們或許才能更具體地了解過往，也因而更愛自己所屬的文化、歷史。那不是一時乍起的熱血沸騰，也不是故步自封的懷舊情緒，而應是對自己根源的認同——那身爲華夏子孫的自覺，在心底重又復甦的緣故。

於是，在四月仲春廣大朦朧的烟雨中，我開始懷一份沉思的心情，跨過那高起來的門檻，走進正廳，走進一頁活生生的歲月記憶，去溫習前一代的建築，去體認先民素樸的居室之美。

而在那開闊方正的大廳裡，簡單排列的八仙桌椅，首先便予人穩妥厚重的親切感覺。幾株長得極好的龍柏盆栽，也分別在烏心石製成的小方几上，展現它們蒼勁生動的姿態。屋子的一角，一座深棕鑲金鬃的樟木櫥櫃，依牆而立；櫃裡，整齊地收存著家譜、手卷、畫軸、筆筒和文房四寶之類的器物。櫃旁小小的神案上，則立著一只色調深青、未經雕飾的粗陶古甕，和一座兩耳懸垂、極其古雅的金銅香爐；爐香靜逐游絲輕轉，而後，消失在高大的脊樑之間。淡淡的光影，自鏤空的木雕窗櫺中透進來，彷彿爲纖塵不染的青石板地，平鋪了一層均勻細薄的亮光蠟。

屋子裡，到處顯得清涼、安靜、簡樸，沒有華麗耀眼的裝潢，也沒有昂貴炫人的陳設，但卻自有一種對生活的虔敬，瀰漫在空氣中；陳年而被保存完好的家具，使人滿懷溫馨地想起先民們愛物惜福的傳統；時間的流動，在這兒似乎是緩慢下來了。

我深吸一口氣，正待發抒心底的讚嘆，卻不意自敞開的窗扇中，瞥見宅側一株兩人合抱的老榕，翠葉亭亭，彷彿一枝撐開的碧綠的傘，庇蔭著樹下嬉耍的兒童；微風過處，密垂的根鬚，若有若無地擺動，似乎正在訴說物換星移、人間滄桑的故事。樹旁，一口八卦形老井，想必已多年不用，加封的石蓋上，點點蒼苔密布，格外引人發思古之幽情……

朋友看我低首不語，走過來輕輕拍我的肩問：「想什麼？」

我笑而未答。

她也不待我回答，便拉著我的手，繞過一扇紫檀屏風，直奔屋後廚房；並且，掀開大灶上那只碩大的蒸籠，取出鄉野人家一年四季都吃的菜粽和肉粽，要我品嘗。

粽葉的清香，混合著溫暖粘溼的糯米氣息，直撲到臉上，那眞是很舒暢的一種感覺。我們剝開油亮的竹葉，對坐著吃，不知爲什麼地竟相視微笑起來。

朋友斜倚盛水的大陶缸，十分愉快地說起這棟老屋，原是她家第一代渡海來台的祖先，蓽路藍縷，憑藉自己的雙手，一磚一瓦，一木一石，辛辛苦苦堆砌而成的。想不到百年來，風雨不動，安然如山，竟成了後代子孫安身立命之處。

一棟古宅，綿延著一個家族的命脈；一塊土地，深埋著這一姓氏的根源。那遞嬗不變的莊嚴傳統，那彷彿時時都有祖宗庇佑的安全感，那屋子裡穩妥典雅的格調，朋友說，在她生命裡，格外具有深刻重大的意義。

我舉目環顧四周，非常了解她對古宅的感情。光陰落款，滄桑與溫暖題記，有歷史的事物，總是可貴而值得珍視的，不是嗎？

屋外的雨，不知何時已經停了，斜陽溶溶漾漾穿透雲層，在古宅屋脊上鍍了一層淡金，使它更爲法相端嚴。

雖然，斜陽古厝，常與衰草昏鴉並提，在以往的觀念世界裡，被視爲凋逝沒落的象徵；但，不知爲什麼，這棟古宅，卻只使我想起深山寶剎中，師徒之間，忠心護持、代代相傳的念珠——年代久了，歷經世間滄桑劫難，卻仍完好無恙——於是，念珠已不止是念珠，古宅也不止是古宅而已，它成了後人堅強生存的背景力量，永生永世、璀璨不朽的精神象徵。

想著想著，我手裡的粽子雖然冷了，心底卻因著她眼神中，那一抹明亮自信的光輝，而溫暖了起來。

——七十一年六月十日《聯合副刊》

中正紀念堂的聯想

那裡本來是一片空地，二十五公頃的空地，什麼也沒有。

後來，卡車運來了砂石水泥，起重機開始吊起鋼筋巨樑，各式各樣的工人，戴著頭盔，開始奔波在工地上。於是，那樣一座莊嚴堂皇的建築，便巍巍然矗立起來了。

每天經過杭州南路到學校，走在紅磚鋪就的行人道上，我都忍不住要抬起頭來，看看它「大中至正」的風貌。

兩年來的朝夕仰望，竟逐漸成爲一種習慣，彷彿那正在施工的建築，和自己的生活有什麼關聯似的，竟不由自主地要對它付出關心。

並非由於好奇，而是在每一次抬起頭來看它的時候，確實有一種什麼特殊的東西吸引著人；它不但引起你讚美的情緒，並且使你感動、使你駐足、使你沉思。

曾經，在晴朗多風的日子裡，我站在遠處凝望。

那時，紀念堂的正廳，已大致顯出一個完整的輪廓，幾個工人站在七十公尺高的頂端正銲接什麼。澄藍的天空中，只有希爾頓飯店與它遙遙相對；但是在乾淨美好的背景襯托下，遙遠的希爾頓，只不過是一個模糊的、不重要的影子。

我注意到工人渺小的身影臨風而立，古銅色的肌膚，在陽光下亮出動人的光澤，白布襯衫飄飄拍擊著他們堅實的背，那樣遺世獨立、凝神專注的樣子——忽然間，我忘記了市井喧囂，忘記了如流的車陣，我終於明白自己不斷仰望、不斷沉思、不斷被感動的原因。

當一個人爲手中正進行的工作、爲完成一樁偉大的使命，忘記自己、也忘記這整個世界，而只是夜以繼日不停地奔赴理想時，那麼，即使再龐大複雜的工作，也終能由無形而漸漸一點一滴地被凝聚完成吧？就像當初米開蘭基羅在教堂裡作壁畫、居禮夫人在黯淡的小實驗室裡尋找放射性元素一樣，那樣艱鉅繁難的任務、那樣漫長崎嶇的路程，但是，憑藉著不熄的工作熱情，不可能被完成的，竟被完成

了。

也許，在時間的滔滔巨流裡，只有埋首工作，才是橫渡萬頃茫然的一葦小舟。

我不懂建築，但是我確信占地二十五公頃的中正紀念公園，應是一項複雜精細的工程。但是在每一個施工的日子裡，它總像一個生命一樣，一點一點地成長著，從不曾因爲其他的因素或藉口，而在進度上有所蹉跎；即使在落雨的冬夜，街上已是少人行的時刻，纍纍的鷹架間，仍然有如金的燈輝閃爍，一盞一盞地照耀著那些仍在忙碌的工人。

如果，一部長篇小說，在紀念堂破土的時刻同時動筆，並且兩年來，也都以這樣穩定的速度進行，日復一日在在累積成果，那麼此刻，或許它也正面臨殺青的階段了。

有了這樣的體認以後，再從杭州南路走過，便感到莫大的心安，因爲，對於穩若磐石的中正紀念堂，我充滿無比的信心，我知道它必有完工的一天，就像一句諾言，我知道它必有兌現的時候。

如今，紀念公園的圍牆，已如一道雪白滾藍邊的帶子，鑲嵌在四條馬路的邊緣；紀念堂正廳，沉厚有力的飛簷，也輕輕揚起，瓷藍的釉瓦，終日流動著寧靜祥和、堅定不移的光輝。每一次的仰望，都使我鄭重地沉默下來，我又開始在心底復習著那一次又一次叩擊而來的溫熱感覺了。

我想，當中正紀念堂正式完工的時候，我一定很興奮。因爲，我喜歡，並且驕傲於這樣一座國際水準的建築，是在我們的手裡設計並完成的；而另一方面，我心裡抽象的信念，竟藉著這座巍峨精整的建築落實了，得到證明了。

在虛浮多變的現實裡，我們所能掌握的眞正可靠的東西，或許還是腳踏實地、一點一滴地努力去幹吧？

年紀愈長，我愈來愈喜歡在心底默念的，竟是愛迪生的那句名言：天才，乃是百分之一的靈感加上百分之九十九的努力。

後記：一個落雨的冬夜，我從中山南路坐車回家。當時街上又冷又溼，少有人行；偶然間，我擦淨充滿水氣的車窗，發現中正紀念堂高聳的鷹架間，竟然有金黃的燈光閃爍，照耀著那群仍在工作的無名英雄。靜靜的黑夜裡，我看不清他們的臉，但感覺得到他們工作的神聖；想起白日所見的中正紀念堂，就是他們夜以繼日、持續努力的成果，我忽然沉默起來，心底充滿模糊溫熱的感覺；我決定要寫一篇文章。

中正紀念公園，是民國六十六年十二月，由榮工處開始施工興建的，共占地二十五公頃。其中，中正紀念堂占地一萬四千四百平方公尺，高七十公尺，比六十六公尺的希爾頓飯店還高四公尺，是當時全台灣省最高的建築。

——六十九年三月三十一日《台灣時報》副刊

臭豆腐的聯想

巷口的小小夜市，有個賣臭豆腐的老人。

入夜之後，他總把那輛手推車停靠在固定的位置上，然後，就著昏黃的風燈，一言不發地開始油炸起臭豆腐來。

幾隻陳舊的塑膠扁碟，十來雙長短不齊的竹筷，三兩把簡陋的長條木凳，還有一箱白裡泛青的方形臭豆腐，這便是老人招徠顧客的所有裝備了。

也許，臭豆腐是這小小夜市裡唯一的異數吧？它不像那些四神湯、蚵仔煎，還有一小碟一小碟的滷菜、花生米那樣宜乎眾人之口，因此，光顧老人生意的，便也總是固定的那幾個人。

他們對於老人親手調理的臭豆腐，似乎稱賞不已，往往愛不忍釋地叫了一碟又一碟。但也有附近攤子上的食客，對於隨風飄至的濃烈氣味，掩鼻皺眉，微微露出奇臭難當的抗議表情；並且以一種不能置信的驚異，目睹吃臭豆腐的人大快朵頤。

對於這一切，老人都保持沉默的態度。他從不說什麼，只在盛滿沸油的黑鍋左側，豎起一個牌子，以還算蒼勁的書法，在上面寫著「不食臭豆腐，怎知豆腐臭」幾個大字。

久之，對於老人無言的解說，倒覺得也有幾分幽默和眞理存在。

的確，對於許多還未曾實際接觸、深入其中的事物，我們都曾犯過主觀的毛病；而就在這些不成熟的偏見和自以爲是的想像中，更可愛的人生、更美好的體驗，或許都被我們一一錯過了。

隨著老人油鍋裡，臭豆腐由白變黃、由扁平而逐漸鼓脹，我的思緒也常隨之飛揚起來；不知爲什麼，我總聯想起一種叫榴槤的南洋水果來。

據說，厭惡榴槤氣味的人，對於這種水果避之唯恐不及，而喜歡榴槤的人，卻往往嗜之如命，非一口氣連吃幾個不過癮。想來人和人之間的差異，有時還眞是巨若鴻溝。

曹植在〈與楊德祖書〉中曾說：「蘭芷蓀蕙之芳，眾之所共好，而海畔有逐臭之夫。」對於這樣不可思議的事，我們只能嘖嘖稱奇，但或許連嘖嘖稱奇也大可不必，亞里斯多德不是早就告訴我們：「對於口味，沒什麼好爭辯的。」西諺也說：「一個人當做像肉一樣的美味來欣賞的東西，另一個人卻可能當成是毒藥。」

這樣睿智的論調，應該可以平息天下許多不必要的紛爭吧？對於我們無法想像或不能接受的事物，只要無傷大雅，也許我們可以新鮮有趣的眼光去看它們，而不必敏感地排斥和責難。其實，也正因爲有各式各樣不同的人和物存在，所以才成就了這個世界的豐富性。

賣臭豆腐的老人，是個沉默的長者，黝黑而飽經風霜的臉上，總隱約透露出堅毅、倔強和一抹若有若無的漠然。他從不抬眼看看人群川流不息的夜市，也從不和光顧他的客人搭訕。偶爾在生意冷清、熄火等待客人來臨的空檔裡，他也會抬頭看看周遭的世界，但那樣似沉思又似空洞的眼神，卻讓人覺得他並沒有注目於這個熱鬧的夜市，所有的表象，只停留在他的眼球上，不曾深入內部。

對老人來說，人生，究竟是一枚什麼滋味的果實？一場如何曲折的戲劇？

賣臭豆腐的老人，總是靜默地收拾碟子、靜默地擦抹桌面，靜默地在夜闌時分，推著車子，循原路獨自回去。是不是對於滄桑的一生、對於水去雲迴的過往，他也覺得不必有太多的解釋呢？

不食臭豆腐，怎知豆腐臭？

那樣溫和而無言的答辯，或許，就是老人的哲學吧！

——六十九年六月二日《聯合副刊》

鎖的聯想

法國文豪雨果的《悲慘世界》（或譯《孤星淚》），是一部能令鐵石心腸的人，也為之動容落淚的小說。故事裡有一位神父，所占篇幅極少，但他的精神和影響力，卻貫穿整部小說。

這位神父，是一個不用鎖的人，他家的大門永遠敞開，永遠歡迎那些疲倦、失意、窮困或遭人拒絕的人。由於他對人性始終抱持不滅的信心，無私地將自己對世人開放，終於感化了一個受盡創傷、誤解而瀕臨心死邊緣的浪子。這位神父所做的，正是拯救靈魂的工作；他從不用鎖，他只用鑰匙，並且是以仁厚的大愛為鑰匙，去一一開啓那些緊閉如死蚌的心扉。

這樣的人在今天，或許是已經不太容易找到了。「害人之心不可有，防人之心不可無。」爲了保障擁有物的安全，我們是生活在一個枷鎖的時代裡；天天用鎖、處處用鎖。鎖，成了我們日常生活裡不可或缺的東西；上鎖，也在不知不覺中，成了我們一個反射動作似的習慣。

然而，各種奇巧精密的鎖越多，人心中穩妥的安全感卻反而越來越少了。在我們想盡各種方法去防人的時候，我們對人類的愛心與信心卻也遭到了最嚴重的戕害。因爲我們雖然鎖住了別人，卻往往也鎖住了自己的心靈，我們把自己陷在愈來愈狹的天地裡。

一個寬厚慷慨的人，應該是不用鎖，至少是不喜歡用鎖的吧？大自然可曾對我們人類鎖住江上之清風，與山間之明月？

鎖，究竟是什麼人發明的？在什麼樣的動機下，他要爲自己製造一把鎖？或許已很難找到文獻上的記載了。但至少我們可以確定，原始人幕天席地、穴居野處，生活單純，他們是不需要鎖，也不會有鎖的構想的。鎖應該是人類文明進步到某一個程度，發現人性中貪婪的弱點以後才產生的。

如果，橋樑表示「溝通」，那麼鎖所象徵的便應是「封閉」了；人類的許多發明都足以令人興奮，可是鎖的出現，卻是人類還不夠道德、是人類彼此還不能互信的明證。

除了有形的鎖外，世上有許多鎖卻是無形的。

一雙緊蹙的眉頭，便鎖住了快樂；一副冷冰的臉孔，也鎖住了友誼；而一份鄙吝的嫉妒之心，更鎖住了對他人應有的欣賞與讚美。

不過，在這個世界上，最大的一把無形的鎖，應該是共產主義的思想吧？因爲它鎖住了自由。

東西柏林圍牆、南北韓三十八度停戰線、嗚咽不已的台灣海峽，都曾鎖住了多少親朋的音訊？鎖住了多少人類的關懷與夢想？然而值得欣慰的是，許多事實證明，這樣的鎖，鎖得住一時，鎖不住永久，鎖得住形體，卻鎖不住心底的企盼。

一個世風日上，快樂幸福的世代，應該是有形無形之鎖都愈來愈少的世代吧？《禮記》禮運大同篇上說：「是故謀閉而不興，盜竊亂賊而不作，故外戶而不閉，是謂大同。」而「路不拾遺，夜不閉戶。」那將是一個多麼令人嚮往、既沒有鎖也不需要鎖的理想世界？在這樣的世界裡，道德提昇到一個完美的尺度，人人對自己的行爲控制得宜，對別人不再心存防範，那麼所謂的幸福與和平，便不再只是某些政客口中的說詞而已了。

當然，距離這樣一個目標，人類還有一段好長好崎嶇的路要走，但我們樂於努力，樂於期盼它的到來。

——六十九年二月二十日《中央副刊》

自在飛花輕似夢

中學時代，讀陶淵明的〈桃花源記〉，非常喜歡，尤其開頭幾句：

晉太元中，武陵人，捕魚爲業。緣溪行，忘路之遠近。忽逢桃花林，夾岸數百步，中無雜樹，芳草鮮美，落英繽紛……

我幾乎可以想見，那漫天飛舞的落花．紛紛披灑下來的華麗景象。你無法說那是壯觀，但你確實被震懾住，並且爲之屏息。雖說，迷途總是不幸的；可是，晴朗的春日、迷失在繽紛落英所形成的八陣圖中，那卻是再美麗不過的事。

因此，少年時代溫柔易感的心，遂深深被那樣一則似眞似幻、充滿浪漫神祕氣氛的故事所感動了。

以後，開始讀文學史、讀淵明詩文集，終於知道淵明所處的時代，是一個紛亂擾攘、令人嘆息的亂世，同時也漸漸了解，淵明的個性，又是怎樣的剛拙高潔、率性任眞；這才恍然憬悟，桃花源，只不過是淵明筆下，一個溫存動人的夢境而已。而這夢，不成於安然酣睡之際，卻在他格外清醒之時，以極濃烈的感情編織而成。淵明並且細膩委婉地把夢境描繪下來，給自己也給當代和後世的人去看、去思索——或者說，去努力實踐——雖然淵明從來沒有這麼說，但透過他其他的作品，我們可以了解，在內心深深之處，他多麼希望有一天，夢不再是夢，桃花源不再只是他筆下令人神往的理想國，而是我們以智慧和愛心建立起來的人類世界。

有了這樣的體悟之後，再讀〈桃花源記〉，便格外充滿一種悲喜交集的感覺。

喜的是，文學作品畢竟還是神奇可愛的；許多在現實生活裡不可能存在的事物，你卻可以透過作品，使它獲得活潑恆久的生命；換言之，你可以使現實世界的「夢」，藉一枝妙筆的點化，在文學世界裡成「眞」。

然而，悲的是，淵明寫這麼美好的夢，卻並未置身世外，陶醉其中，擱筆之後，他的心境應是比誰都更沉痛、更失望的。

因爲魏晉之世，整個社會的黑暗、混亂、虛僞與荒唐，是一場揮之不去的夢魘，重壓在淵明心頭；少時滿懷雄心壯志的他，雖也想澄清天下，移風易俗，但此刻由於時代環境的限制，以及不願俯仰時俗的高潔性格使然，他竟完全無法施展抱負；於是在邦無道則獨善其身的儒家觀念下，淵明選擇了歸園田居，做一片不再出岫的白雲，開始過著「既耕亦已種，時還讀我書」的清靜生活。

淵明的表現，雖然冷淡，但他的心比誰都熱；他愛這個人類世界，但是以一種孤絕的愛去愛它——「揀盡寒枝不肯棲，寂寞沙洲冷」——這樣一個懷抱理想、堅持原則的人物——悠悠千載之下，再讀〈桃花源記〉，便只有掩卷沉默。

如今，我依然喜愛淵明的〈桃花源記〉，甚且更爲喜愛，不爲春日萬樹桃花的繽紛爛漫、不爲少年時代目眩神迷的衷心嚮往，只因爲在如今的人間世裡，那樣一個沒有暴力、沒有壓搾、沒有饑寒，卻只有安定、和諧與溫暖的世界，仍然是一個値得追尋的人類之夢。

——七十年七月一日《自由日報》副刊

過盡千帆皆不是

——說望夫石

有一次，在海濱瞥見一尊如人形痴立的奇岩。

千萬潔白如雪的浪花，在它腳下旋開旋滅；拍岸的海濤魯莽地衝撞而來，把棕黑的岩身濺灑得光滑而潮溼；但秀拔挺立的奇石，依然獨自面向遼闊無際的大海，專注而安寧。在海濱巨浪環伺的所有喧囂之中，它是唯一的沉默和靜止。

人說那是望夫石，是一位年輕的漁人妻子，爲了等候出海的丈夫歸來，日夜在岸邊守候而幻化成形的。

——有時，我似乎不忍去想這樣的故事；雖然，如此淒美簡單的傳說，有妻子的忠貞、有偉大不渝的愛情，但等了一生一世還要等，命運對於這樣不怨不尤的女子，是不是太戲弄了些？

然而，令人驚異的是，早在宋人的《太平寰宇記》裡，便已有類似的記載：「昔有人往楚，累歲不還，其妻登此山望之，久乃化爲石。」此外，《水經注》和《輿地紀勝》中也相繼提到，在今天的湖北、江西、安徽和山西、陝西等地，都有望夫山的古蹟——「望夫」的傳統，在古老的中國社會裡，竟是由來已久了。

如此天長地久的凝望，自是一種永恆的等待，纏綿而感人；但當我們深入探索，卻不難發現，在一片自發性的堅定感情背後，卻也微妙隱藏著某種道德觀念和價值判斷的暗示在其中。

那是過去以男子爲中心的社會套在女子身上的無形枷鎖——「良人者，所仰望而終身者也」——男性，是女性的全部依靠，女性的思想、情感、生活很少是完整獨立的，因此，一旦「與君生別離」或是「遊子不顧返」，那便註定了一名女子必須長久等待下去的命運了。而在這樣的命運裡，女性全然是被動，且無力反擊的。

透過這個角度來看望夫石的故事，則貞女成石的傳說，在它本身的悲劇性之外，便格外有一種任何人都無法負荷、挽救的無奈了。

爲了同情舊式女子這樣別無選擇的等待的命運，白居易便曾透過〈琵琶行〉，書寫那位「去來江口守空船」的商人婦，淪落天涯的悲哀。溫庭筠在一闋題爲〈望江南〉的小令裡，也道出一位痴情女子的幽怨：

「梳洗罷，獨倚望江樓，過盡千帆皆不是，斜暉脈脈水悠悠，腸斷白蘋洲。」

而陳綯則在他的〈隴西行〉中，更直接露骨地寫下這樣的句子：「可憐無定河邊骨，猶是深閨夢裡人。」

一個女人懷抱一分永不可能實現的希望，沉醉在假象的幸福裡，天眞地等待下去，如此強烈的反諷、如此荒謬的人生，有時倒眞叫人不知誰是這齣悲劇的眞正主人了。

因此，透過泛黃的卷帙，和那許多在等待中虛度人生的女子異代相逢，內心是不能不湧起幾分嘆息的。當然，除非大澈大悟，一個人要超越所處的時代，特立獨行，並非易事。但可惋惜的，是有多少冰雪聰明、溫婉柔順的女子，就這樣在狹窄的閣樓上，在不合理的等待中，等白了頭髮，送走了青春，浪擲了人生，無法開拓更廣大美麗的生活。所以想來，人類社會眞是不斷在進步著的，在今天濃厚的自由空氣裡，至少「過盡千帆皆不是」的等待，是完全不存在了。

日前，偶然在車站上等一班遲遲不來的公車，忽聽得一位年輕女乘客抱怨：「爲什麼別的車子一連來幾輛，我們這班車，等了大半天，卻一班也沒有？」語氣中透著極端不滿。這種久候不至的等車經驗，對現代人來說，應不陌生；然而，「過盡千車皆不是」的小煩惱，比諸古人「過盡千帆皆不是」，如何？

隨著時代的進步、競爭的激烈、價值觀的改變，世界已成了一個追求速度的大競技場，生命漸漸禁不起揮霍浪費。在生活空間與時間都缺乏寬綽餘裕的狀態下，我們都成了講求效率的現代人，但一味地追趕時間，卻也使我們沿途遺落了許多可貴的東西——也許，溫柔敦厚、逆來順受的美德，漸漸在人性中褪色，便是我們所付出的昂貴代價之一。於是，在分秒必爭的時代裡，人間難以產生海枯石爛、天長地久的愛情，便不再是一件難於理解的事；而望夫石的傳說，倒眞成了永遠的神話了。

——六十九年十二月二十六日《聯合副刊》

閒敲棋子落燈花
——說等待

有時候，突發奇想，不免失笑：不知道古人等人究竟是什麼模樣？

現代人等人，往往是一邊低頭看錶，一邊東張西望，滿臉焦灼；古人沒有錶，他們的生活步調也不似今日如此緊湊，因此，即使等人不來，想必也是心平氣和的吧？——「黃梅時節家家雨，青草池塘處處蛙；有約不來過夜半，閒敲棋子落燈花」——這樣的意緒悠閒，渾然忘我，實在已把「等待」這種行爲，昇華成一樁泰然自處的時間藝術，在清寂之中透露出雍容沖和的氣象，倒令人無限神往了。

其實，人的一生不也如此，充滿了各種大大小小無數的等待嗎？而與人有約，靜坐守候，只不過是諸種等待中最平凡的一端而已，誰能說生命的本身，不正是一連串創造理想、追求理想、等待理想在努力與盼望中逐一實現的歷程呢？

——有簷滴的春夜，我們往往懷著溼漉漉的心情，等待放晴；把花種籽埋進土裡，在每天晨昏細心澆灌中，我們等待生命的消息；風暴襲擊的時刻，我們忍耐著等待所有陰霾成為過去，好在劫後重建自己的家園；把稿件誠懇地謄好寄出，等待的是編輯先生的青睞；至於披上嫁紗的日子，在興奮忐忑之中，也不免等待一向熟悉的他走過來，輕附耳邊微笑地說：「今天，是我們共同開始的第一天……」

如果生活是一條平直的長線，不斷自眼前延伸下去，那麼經由等待的過程所揭曉的最後答案，便應是直線上一連串突起的高潮與反高潮了。然而，高潮也好，反高潮也罷，只要是有意識、有價值感、曾付出過努力的潛心等待，不論結果如何，都應是值得尊重的。

而在所有形式的等待中，也許只有「揠苗助長」最不足為訓吧？因為那樣愚昧的作法，不但收不到預期的效果，只徒然暴露了急功近利、缺乏修養的市儈心態；相對地，或許也只有「守株待兔」最無可原宥吧？因為那樣坐等意外的幸運，對人生存著不勞而獲的僥倖心理，實在是對自己懶惰的一種放縱。

因此，真正具有正面意義的等待，不是魯莽地在時機尚未成熟的時刻，製造取

悅自己、甚至欺騙自己的假象；也不是消極地在空間裡寂然不動，存投機之心，坐等幸運自天而降。不，眞正健康的等待，應是在充分克盡人事後，對萬事圓滿融通的境界，所抱持的一份合理踏實的企盼。

日前偶然念及——在適當的時候，做適度的等待，正是自處處人的一樁藝術，便不免想起艾力克斯・哈雷所寫的《根》來。

這部描寫美國黑人奮鬥的小說所以感人，不僅因爲那群受苦難折磨的黑人，始終不失追求自由的熱情，與對人性光明面的肯定；更因爲即使在最悲慘絕望的厄運裡，這個生命力強韌的家族，仍堅持傳遞一個根深蒂固的中心信念——以自由之身，重返非洲老家，去尋找自己的根。

他們傳遞這樣一個無形但卻溫暖的信念，就像傳遞一支玉如意或一枚鎖麟囊一樣，世代賡續者，在漫長辛酸、幾乎是遙遙無期的渴盼中，從不自暴自棄，也從不曾放棄對這樣一樁美好信念的仰望。終於，在一個半世紀的忍耐與等待之後，這個家族尋根的心願，在第七代子孫的身上，輝煌而感人地實現了。

那樣俯仰無愧地努力與追求，那樣永不氣餒地等待與盼望，那樣蓬勃茁壯的生命銳氣——是誰說過，在等待裡原包含著希望？也許，《根》這樣一部充滿血淚的眞實故事，最能啓示我們，等待的眞義究意是什麼。

於是，仔細想來，「閒敲棋子落燈花」，便似乎示範了一種格外美好圓融的等待哲學了。這正是充分地克盡人事之後，心安理得，不慍不火，不怨不尤的境界。在時運不濟的人生之路上，瞻望不可知的未來，或許我們格外需要培養這樣的胸懷與修養吧？——一面克盡人事地自我充實，一面心定氣閒地靜待水到渠成的契機來臨。所謂「花逢時發」，只要我們努力，並且懷著希望等待，屬於我們的日子終會來臨。

喜歡一竿在手、溪邊垂釣的人，常都有這樣的體認，那便是即使水清魚稀，若肯臨流靜坐一下午，波間的浮標，總有被牽動的時刻；而一個心浮氣躁，不肯在岸邊耐心等待的人，他是永遠也釣不到一條魚的。

——六十九年八月十三日《中央副刊》

花落春猶在

人生在世，做一個聰明人容易，但要做一個充滿智慧的人，卻非易事；因爲，那必須經過相當的人生歷鍊、長久的學識薰陶，和深厚的個人存養工夫，才能成就。

因此，聰明與智慧，看似相似，實則有別。

做學生的，在教官檢查頭髮時，想盡方法以髮夾隱藏削短的瀏海、在考試時夾帶各種小抄（有一年大專聯考，甚至有人以無線對講機和打旗語的方式進行作弊）；此外，財迷心竅的人變造僞鈔、塗改愛國獎券、鑽法律漏洞等等，都只能算是「聰明」，不是智慧。

眞正有大智慧的人，不去賣弄如此微不足道的小聰明，也不以自己的一點小成就而沾沾自喜；眞正具大智慧的人，必是眼光長遠、胸懷寬廣、有道德有理想、肯關懷人類命運的人。像張橫渠所說「爲天地立心，爲生民立命，爲往聖繼絕學，爲萬世開太平」的境界，便須要智慧，而不是只憑藉聰明便可達成。

因此，在二十世紀幾位頗具代表性的科學家中，我一直仰慕著愛因斯坦。並不是震懾於他在學術研究上的崇高地位，也不是因爲著迷於他精深豐富的科學理論，而是在讀過愛氏的傳記後，由衷地欽佩他的人格襟抱，並深深嘆服他超卓不凡的智慧。

加拿大籍的名攝影家尤瑟夫．卡希爲愛因斯坦拍照時曾問他：

「我們該向哪裡尋求世界未來的希望呢？」

愛因斯坦只平靜地說：「向我們自己。」

也曾有人請教愛氏，第三次世界大戰結束後的人類世界，會是什麼樣子？

愛因斯坦沒有正面回答這個問題，他只是語重心長地表示，也許第四次世界大戰，人類要以木棒和石塊當武器了。

愛因斯坦的這番話，常使我想起那些在激烈的武器競賽中，從事精密研究的科學家們。這些科學家雖然都是稟賦優異、極具才華的聰明人物，但他們表現在研究方面的成果，卻仍不能算是智慧的結晶，因爲他們的努力，只爲人類的前途，帶來新的恐懼，新的威脅。而愛因斯坦意味深長的警語，卻能引導我們深思，使我們在理性與衝動、孟浪與自制、創造與毀滅、生存與死亡之間，知所抉擇；並且知道，要做最正確無誤的抉擇。

由愛因斯坦，我也常想起居禮夫人，因爲她也是一位値得尊敬的智慧人物的典範。

居禮夫人曾兩次榮獲諾貝爾獎，她在放射學上的輝煌貢獻，到今天還在深深影響著人類。

當居禮夫人早年在實驗室裡，投注了無數的時間、心血，而終於和居禮先生發現了鐳時，她本可以「所有權者」的姿態，取得技術上的專利，並且確保她和居禮先生在世界各地製造鐳的權益；但居禮夫人放棄了這種自私的想法，認爲那樣做「違反了科學精神」，她說：

「物理學家永遠要把他們的研究全部公開。如果我們的發現有商業性的未來，那也是一種偶然，我們不該用它來獲取利潤。」

於是，居禮夫人從未申請任何專利，並且毫無保留地發表她苦心研究的所有成果。

居禮夫人是一個有原則有操守的科學家，她熱愛眞理，也熱愛工作，忠於自己，也忠於人類；她所說的「違反科學精神」和「不獲取利潤」的話，在今天充滿功利思想的人看來，實在是太不聰明了，但其中所包含的良心、智慧與愛心，卻宛如暮鼓晨鐘，一一撞擊在我們心上，使人深受感動。

如果，聰明是火柴頭上的一點光亮，那麼，智慧便應是黑夜海上的一座燈塔了。火柴光點是狹小的、自我滿足的、瞬間即滅的；而燈塔則能夜夜放出堅定恆久的耀眼光束，爲迷航的人指引正確方向，帶人類走上更好的境界。

透過這兩位偉大的科學家，我們似乎還可以發現，富有大智慧的人物往往另具一項特色，那便是他們都謙遜淡泊、眞誠質樸、毫不矯揉造作，完全是儒家所謂「溫良恭儉讓」的君子作風。

愛因斯坦曾說：「高超的思想，往往產生於單純的生活。」當他在五十五歲那年，因聲譽卓著而被延聘至普林斯頓從事研究的時候，主事人曾問他須要多少年俸？愛因斯坦謙虛地表示五千元就綽綽有餘了。年俸五千，是當時物理系畢業生起薪，主事人十分爲難，最後勉強定爲年俸一萬五千元，才算解決了這個問題。

愛因斯坦晚年在普林斯頓的生活，始終是雲淡風輕、從容平靜的。他盡量避開那些互相酬酢的酒會聚餐，但卻十分樂意爲附近鄰居一個十歲小女孩，講解算術作業的難題。他喜愛穿著寬鬆舒適的衣服，獨自在校園裡散步沉思。當別人讚美他的時候，他便把自己在物理學上的卓越成就，認爲是「站在前代科學家肩膀上」的結果。

居禮夫人，也是如此謙遜質樸。所有崇高的榮耀，各地蜂擁而至的新聞記者和賀電，從來沒有使她忘卻自己的工作，她仍然保持一貫的冷靜，只要求能從數不清的邀請和宴會中銷聲匿跡，以便回到工作崗位上，繼續埋首研究。她認爲：「在科學領域內，人們應對事業發生興趣，而不是對人。」

——也許，當一個人心情寧靜，高瞻遠矚，超越了世俗名利，卻只著眼於眞正重要的事物，例如眞理的追求和工作的熱情時，偉大的智慧，才能從這樣澄澈如明鏡止水的心境中產生吧？

讀愛因斯坦和居禮夫人的傳記，使我對清代學者俞曲園的名句——「花落春猶在」，忽然有了更深更新的體悟。

是的，有大智慧的人物，他們的影響是綿長深遠的。愛氏與居禮夫人雖都已物化，但他們在科學上的成就、樸素充實的生活態度，以及睿智的眞知灼見，到今天都還在潤澤人心，並且在我們對生活產生質疑的時候，給予我們啓示，照徹我們內心的迷惑。

如果，「知識的大量增加，反而造成智慧的退化，是二十世紀面臨的危機之一」，那麼，也許，只有當聰明的人變得比較少，而充滿智慧的人愈來愈多時，這個世界才會有較豐富的精神內涵吧？

——七十年七月二十五日《中央副刊》

偉人傳記與人生

身爲國文教師，課餘之暇，同學常喜歡問這類問題：「在學生時代，我們最適合讀哪一類書？」

我常被這些十六、七歲誠懇專注的臉孔所感動——一個人如果已萌生自我提昇的意願，那便是邁向成功的起步了。雖然對於這樣一個看似輕鬆、實則嚴肅的話題，我不一定能給予最適切的答覆，但在認眞思索之後，我總望向那些熱切的眼神回答：「你們最適合讀偉人傳記。」

目送他們面露滿意的神色離去，我卻常因此陷入更深的思維裡——其實，除了十六、七歲的青少年，人生哪個階段不適合讀偉人傳記？

畢竟，在現實生活中，每一個人都曾是人性弱點之下的掙扎者，屢起屢仆，爲小小的氣惱、挫折、衝突和誘惑困擾著；而偉人之所以成為偉人，簡單地說，便在於他們能突破現實環境的障礙、克服人性的軟弱面，去爭取生命中輝煌的成功。

而事實上，大部分偉人所曾遭遇的困境、心靈折磨，還遠比一般常人要來得惡劣、痛苦得多；為什麼他們獨能把所有不利於自己的條件，當成是意志與能力的考驗，一一予以超越呢？

藉著偉人生活的點滴，了解他們自我掙扎的歷程，我們可以從中得到無盡的啓示與安慰，進而產生力量。

詩人余光中便曾在《梵谷傳》一書譯序中表示：翻譯《梵谷傳》的時候，正是他「案牘勞形，病魔纏體，憂患傷心，翻譯工作屢為之輟」的時候，那是他「一生最煩惱的幾個時期之一」。可是余光中表示：

隨著譯事的進展，我整個投入了梵谷的世界，朝夕和一個偉大的心靈相對，眞成了『象憂亦憂，象喜亦喜』。在一個元氣淋漓的生命裡，在那個生命的苦難中，我忘了自己小小的煩憂。……如果梵谷在大苦大難之中竟能完成那麼多燦爛的傑作，則我爲什麼不能在次級的壓力下完成一件次級——只不過是翻譯罷了——的工作？就這樣，經過十一個月的淨化作用，書譯好了，譯者也度過了難關。梵谷瘋了，自殺了，譯者卻得救了。

這一段文字的剖白，實在是偉人傳記提昇心靈最有力的見證了。

其實，梵谷只是「困而能之」的畫家，他二十七歲才起步作畫；人世間的種種坎坷、愛情上的折磨，以及不被了解接納的痛苦，一次又一次地刺激著他，然而他還是堅持著畫了下去。他曾以田園畫家米勒的名句自勉：「藝術便是戰鬥，它需要全力以赴。」又曾經意氣昂揚地表示：

> 空白的畫布像白痴一樣凝望我，可是我知道它害怕敢作敢爲的熱情畫家。……生命本身朝著一個人的，也是無盡渺茫、挫人勇氣、毫無希望的一面空虛……可是有信仰有力量的人不怕這一片空白；他走進去，他行動，他建設，他創造，到最後這塊畫布不再是空白，而是充滿了豐富的生

之圖案。

憑藉著這股不死的信心和不斷的努力，梵谷終於在短暫的十年創作生命中，完成那許多震撼人心的傑作，每一幅畫都充滿了呼之欲出的生之熱愛與掙扎，令人泫然欲淚。藉著那些凸出於畫面之上的濃厚油彩、藉著梵谷一生潦倒而堅強的奮鬥故事，我們幾乎可以觸摸到梵谷熱情洋溢的生命，而在卑微怯懦的心底，產生莊嚴崇高的情操。

另外，像海倫凱勒、巴爾札克、愛因斯坦等人的傳記，甚至梭羅略帶傳記意味的《湖濱散記》等，只要深入去讀，無不充滿啓示。

比方說，海倫凱勒一生又盲又聾又啞，如此不利的生存條件，幾乎使她成爲一個不可能有什麼作爲的人。但她卻精通十三種以上的語言，並且能寫出一手優美精練的散文。海倫凱勒超乎常人的成就，固然是一樁奇蹟，而在奇蹟背後，卻是一連串感人的努力過程。據說海倫凱勒常不分晝夜地勤讀點字書籍，往往讀到指頭流血了才肯住手；到了晚年，她的手指甚至必需用絲帶包紮起來，加以保護。這樣一個在逆境中力爭上游的故事，對所有殘障人士來說，無疑是種鼓舞。海倫凱勒的成功，建立了殘障人的信心和希望，也對每一個健全正常的人提供了讓他們深思自省的榜樣。

巴爾札克是十九世紀法國最偉大的小說家之一，他認眞不懈，持之以恆的寫作態度，是他所以能在文學史上奠定不朽地位的重要因素。他曾說：「我的放縱便是我的工作。」每天子夜，當全巴黎人都已進入夢鄉，他卻開始伏案寫作，直至第二天早晨八點爲止，即使是外出旅行，也不例外。這樣每夜有恆不輟地振筆疾書，終於使他的成果迅速累積起來，成爲當代傑出而多產的作家。巴爾札克在寫作上「滴水穿石」的工夫，對於一個方起步的新秀作者，或對任何一個想在事業上有所建樹的人來說，都應該是一個很好的成功者的典範。

至於愛因斯坦，這個「自牛頓以後最偉大的科學心靈」，曾語重心長地說過一句話：「高超的思想，往往產生於單純的生活。」在華爾騰湖畔隱居沉思達兩年之久的梭羅也曾大聲疾呼：「生命浪費於瑣事中，要簡化它！簡化它！」梭羅更直截了當地表示：「奢侈與舒適的生活，妨礙了人類的進步；最明智的人，外表雖然窮困，內心生活卻再富有不過。」

這兩位哲人一再強調單純樸實的生活，有助於生命內容的充實與豐富，在物慾橫流、人們瘋狂追求享受、逐漸迷失自我的時候，實不啻一道澄澈見底的清溪，流過渾濁的心靈，格外引人深思。

所以，我常想，傳記文學之存在，或許它教育人心的意義，更甚於它的文學價值；所謂「近朱者赤，近墨者黑」，多讀偉人傳記，多浸潤在這些人物的精神天地裡，對於我們人格的提昇、心靈境界的拓展，必大有助益；至少，比花費心思去讀影歌星的起居注，去認識他們的豪賭婚變，要有意義得多。

人的一生，在學校受教育的時間短，出校門後自我教育的歲月長；如何在離校後成爲自己的指導教授，隨時不斷地提昇自我，是很重要的一件事。而讀書，尤其讀偉人傳記，則應是人生中必修的一門學分。當然，我們並不要求自己一定要成爲頂天立地的人物，至少，在現實生活中，我們可要求自己做個超越自我的成功者；若多在書架上擺幾本常讀的偉人傳記，或許是一種還不錯的自我教育方式吧！

——六十八年六月三日《中央副刊》

把愛還諸天地

一、叩問

做爲一個筆耕者，究竟是幸，還是不幸？是聰明，還是痴傻？是付出，還是一種生命的獲得呢？

常常，在白雲舒卷的晴日，或月明如素的夜晚，獨坐一窗綠紗之前，我這樣叩問自己。

日復一日，年復一年，歲月周流，許多個日子在思索中過去，我依然不能給自己一個肯定的答案。

——其實，幸與不幸、聰明與痴傻、得與失之間，又是如何界定的呢？

在許多時候，做為一位筆耕者，我常被心底一個神祕的聲音所召喚，身不由己要提起筆來，朝此聲音奔赴；並且，義無反顧地為它奉獻我所有的時間與精力。

我一直不能明白，為什麼我樂於從事筆耕？為什麼我願意在孤獨的燈前，字斟句酌，反覆推敲，一次又一次地煎熬自己的情感，甚至逼出自己的眼淚，引發內心深深之處的微笑？我不知道為什麼我要這樣做，就像春蠶不知道為什麼要吐絲成繭，完成它生命的任務一樣。

而當創作的衝動，以一種淹沒人的洶湧，排山倒海而來；當我開始沉浸在有形的紙、筆，與無形的思想、情感所架構的世界，我便超越在所有的快樂與不快樂之上。那是一種歸真反璞、天清地寧的感覺，一切都那麼自然而順理成章，彷彿滾滾紅塵、悠悠歲月，只有此刻此境，我和自己才如此貼近，如此親密。

在那樣的寧靜與孤獨中，一方碧湖清澗往往自內心深處呈現，清晰地映照出生命中的雲影天光。所有騷動的影子都靜止下來，所有浮囂的意緒也逐漸沉澱；我為寫作而存在，無須酬酢、無須應付、無須違心言笑；天地是如此廣闊，心靈是如此自由，藉著寫作，我終於傾注了自己對自己、對生命、對這整個世界最真誠無偽的熱愛。

然後，當一篇作品終於完成，當我從專注忘我的世界裡，重又落實到現實生活的層面中時，懷著疲倦，我只感到一種踏實的喜悅與滿足。

爲此，我曾經感到好奇——爲什麼世上有一類人對於寫作，獨能產生如此九死無悔的熱情？

我曾經千方百計向生命探尋，向內心深處推敲。直到有一天，當我發現，行人道上的木棉又開花了，柔軟的風又緩緩自樹梢吹拂而過，屬於早春三月的水藍天空，又無言地輕覆在頭頂上時，我終於停止了叩問，我知道我的叩問正還我以微笑。

是的，風，自有它吹綠新芽的理由；木棉花自有它明艷燦爛，綻放生命光華的理由；而天空，也自有它清寧舒爽，啓示人拂去心頭陰霾的理由。每一件事物的發生，存在與進行，都自必有它所以如此的意義，我們無須苦苦追索，答案並不是最重要的，那不是我們生活的目的——而做爲一個筆耕者，也許，努力耕耘，犂出一片青翠照眼的新妍，以不負手中這枝筆，不負這個世界，那才是我應該給自己的清晰回答吧？

長久的追索之後，終於，雲霧盡去，清光湧現，又是無數個白雲舒卷，明月去來的晴晝與夜晚；但是，在遼闊永恆的時空裡，望向無垠的兩極，我不再猶疑和躊躇，只深深感謝自己是個能想能寫的握筆之人——爲了把愛還諸天地，我安於那沒有答案的莊嚴工作。

二、生活

寫作，是一條艱辛迢長的道路。

在每一個伏案提筆的日子裡，我踽踽獨行，心裡充滿溫柔的寂寞。休閒，已經從我的字典除名；繁華，被鎖在重重帘幕之外；浩浩宇宙，此刻陪伴我的，只是遙遠的星光，和桌前無言的燈盞而已。但我既然深愛寫作，並且把它當成是生命中的終極追求，我也就願意爲它忍受所有的孤寂。

生活，原不是件容易的事，而對於一個必須在瑣碎家務和沉重工作壓力下，勻出大部分心力，以從事筆耕的人而言，生活，更是一道複雜難解的幾何——沒有例題，沒有參考書，沒有可資利用的定理公式，爲了求解，他只有憑藉自己的努力、勇氣、經驗和嘗試錯誤的耐心，一步一步地摸索、奮鬥下去。

犧牲和割捨是絕對必需的。

因爲，寫作事業是一株嬌貴而容易夭折的花，它需要全心全意的栽培和照顧，它需要專業從事的忠貞與熱情，它需要你念茲在茲，日有常課。

因此，一個熱愛筆耕，卻又必須養家活口的人，當他面臨專業寫作和「爲稻粱謀」的衝突時，那眞是最痛苦的時候了——一邊，是他所摯愛的生命事業，另一邊，卻是整個家庭的舒適與幸福，如何取捨呢？——而無論做怎樣的選擇，他的心情都是黯然無奈的，他的決定，都悲壯且値得同情。

難以兩全的情況下，一般人往往選擇後者。

但，只要他心中那一點對寫作的愛不死，只要他仍然虔誠認眞地生活，只要他的心靈足夠深邃廣大，那麼，歲月中的種種紛雜，並不能銷磨他志在創作的豪情與銳氣；十年二十年的潛隱，也不足以斲傷他豐沛的文學生命。

因爲在生活裡，他總是向上仰望、向前憧憬；他總在吸收、消化，總在豐富自己的人生經驗，也總在積聚寫作的素材。而有一天，當他已經從個人的悲喜、小我的掙扎中走出；當深埋在內心的那點火種，重又點燃；當靈感的風暴，如強颱過境，一次又一次地震撼著他、激盪著他時，他的筆必飽蘸血淚，直指現實人生的核心，去印證眞理、描述萬象、刻畫人間種種；他的心也勢必沉浸在浩瀚無邊、關懷大我的悲憫與感動裡。

對於這樣大器晚成，以生命從事筆耕的作家，我永遠致以無上的敬意。因爲即使他們並未提筆，他們生活的本身，也是無形的創作。

我堅信，文學必須扎根於生活，才有眞實靈動的生命。生活比文學還更重要，我贊同爲生活而文學，但不盡贊同爲文學而生活；生活是文學的母親，文學從生活出發之後，必須重返生活、回饋母親，才有其輝煌的意義。

因此，盡心生活，懷著愛去生活，肯定生活的價值，那才是從事筆耕的起步。

一千七百多年以前，曹丕在〈典論論文〉中，曾指出許多可以從事寫作的人，往往蹉跎歲月，不肯努力：「貧賤則懾於飢寒，富貴則流於逸樂，遂營目前之務，而遺千載之功。」他的話，對於荒疏懶惰的人而言，自是一種警惕。但對於那些在現實生活裡奮鬥掙扎、終於從其中昇華的筆耕者而言，卻不盡是眞理。因爲，即使在最卑微平凡的生活中，筆耕者也在努力實現一種價值；而他們寫作，也不是爲了求取千載不朽的功名——他們寫作，只是忠於自己，忠於人生，忠於內心的呼求，去選擇一條艱辛迢長、但卻無所遺憾的道路而已。

三、困境

在筆耕的世界裡，踏實的筆耕者從不迷信天才；天下事以漸而成，寫作又何能例外？

當然，「下筆千言，倚馬可待」的順境，何等意氣風發？何等酣暢淋漓？但，每一個致力筆耕的人都能了解，那樣的高潮，只是一種可遇不可求的幸運，是偶然不是必然。在絕大多數的時候，筆耕者都必須面對空白的稿紙，面對那一方方待爬的格子，去苦思冥想，去仔細推敲，並且小心將事，才能克服題材上、技巧上、文字風格上的困境。

「一揮而就」，並不是很可取法的筆耕態度，寫了又改、改了又寫，那卻是理所當然的創作歷程。因此，一件完美作品的完成，往往需耗盡作者無數心血與潤飾修正的功夫。王安石說：「看似尋常最奇崛，成如容易卻艱辛。」最能道盡一個嚴謹的筆耕者，在作品背後辛苦經營的認眞態度。

然而，對所有的筆耕者而言，這種紙上的困境，並不難於克服；眞正難以化解的，卻是心靈上的困境。

畢竟，在海上鼓浪而行的船隻，並非永遠都是風帆飽滿的。長期的工作之後，總有某些時刻，筆耕者會忽然對自己感到懷疑，他害怕不能超越以往的自己。在無以名之的鬱悶中，他渴望休息，渴望更深入地了解自己，甚至渴望一點外界的刺激，來肯定自我，重新建立對工作的信念。

那樣缺乏自信的低潮，是一種危險，但也是一種契機。超拔解放往往就在一念之間，但如果筆耕者以爲已經達到能力的頂峰，如果他沒有勇氣迎向新的挑戰，如果他始終孤立在此荒原中，失望得無以自處，那麼，最後，他只有選擇死亡或放棄寫作，而終其一生，都無法走出最後的困境。

那眞是令人惋惜的最終選擇。

爲此，我常想起川端康成。他的作品，那麼纖細，那麼憂鬱，那麼美麗——美得令人心碎，令人顫抖，但是，在最美麗的焦點上，他走向毀滅。

也許，我們並不了解川端康成，我們沒有資格論斷他的死亡。但，若是做爲一個才起步不久的筆耕者，我們是不應太早就對自己失望的。人生充滿無限的可能性，困境之後往往是一片大有可爲的天地，只要繼續開拓，也許，就在山窮水盡的時刻，在我們不抱希望的瞬間，另一個柳暗花明的世界，又呈現在眼前。

因此，困境固是一種創作活動的停滯，一種沉悶的擱淺狀態，但是，在邁向更璀璨的寫作生命之前，它是我們必須跋涉的過渡地帶，同時，也是我們能力、信心和耐心的一大考驗。如果堅持不放棄，並且謙謹地充實自我、埋首工作，困境其實並不能削弱什麼、束縛什麼。而當我們終於跨越現狀，走向新境的同時，我們也必能在紙上做最完美的呈現與突破，在精神上獲致最後的勝利，並且重整旗鼓，再度出發。

四、提昇

做為一個筆耕者，活著，是一件美好的事，因為他熱愛世界；但同時也是件痛苦的事，因為人無法只熱愛卻不受傷。

然而，即使懷著傷痕，筆耕者依然肯定人間的善與美，依然期待真正的和平與安寧——筆耕者的心，是不設防、不上鎖、沒有牆垣遮蔽保護的。

也許，這個世界所曾有過的黑暗、醜陋與罪惡，曾使筆耕者充滿深深的嘆息，但一個真正溫柔敦厚的作家，他不懂詛咒，也不會心存報復。

他愛這個世界，不求回報。他相信人性是尊貴的，雖然，人要是壞起來，比什麼都可怕，但他依然肯定人的價值。

他永遠以善意的觀點去看世界，以悲憫的愛去包容缺憾。他不怕受傷。

每一個日子的到來，於他都是全新生活的展開。他從不厭倦，從不頹廢，他只是認真生活，認真思索，認真肩負起做為一個人、一個筆耕者對這世界所應肩負的使命而已。

當他本著最赤裸的文學良心從事創作，他絕不說不眞誠的話，他不去討好編者、讀者，以獲取他們的垂青（那樣對世界並沒有什麼益處）。他只是把這個世界捧在掌心，呵護它、關愛它、希冀改善它，希望它變得更好。

他相信，人不是爲享受而生活，人生有更遠大的意義，更可貴的價值。而做爲一個「完美的」筆耕者，他不但是作家，同時也必須是道德家、哲學家、教育家；他必須是人道主義者；他的所作所爲、所言所行，都必是站在「爲了人類，或人間好」的立場而出發的；他必須比別人想得深刻、比別人看得透徹；他必須具有「先天下之憂而憂，後天下之樂而樂」的胸懷；他必須樸素虔誠地生活；他必須最後享受。

然而，如今這個世界，已經被我們自己弄得烏烟瘴氣、混亂不堪了。權力的爭奪、武器的競賽、道德的墮落，累世不斷、綿延不已的仇恨與謀殺……太多的重量，壓在我們身上，做爲一個筆耕者，活在今天，是傷心的——「其感情愈深者，其哭泣愈痛。」——但是，出以那無可救藥的對人類的大愛，筆耕者仍願意抱持「知其不可而爲之」的態度去努力，去改善一點什麼。

因此，當一個筆耕者提起筆來創作，他最大的祕密，不是靈感，不是天才，而是愛；一種不能自己的，對世界、對生命、對寫作的愛。

當然，筆耕者並不是一無弱點的人，但是，在眞誠的工作中，他以愛提昇自己，同時也提昇這個世界；在廣宇悠宙之間，他永遠懷著不死的理想，他堅定地相信——

有一天，在那遙遠之處，所有的人類，終將以愛相遇。

後記：清代名臣沈葆楨題延平郡王祠曰：「開萬古得未曾有之奇，洪荒留此山川，做遺民世界。極一生無可如何之遇，缺憾還諸天地，是創格完人。」本文題目與「缺憾還諸天地」句法雖似，但用法完全不同，是「蒙天地之愛而獨鍾情於筆耕，便以愛還報世界」的意思。

——七十年十一月四日《中央副刊》

卷三

欣有託

華髮

那天晚上，大偉和丹丹看完晚場電影，已是午夜時分。大偉先把丹丹送回宿舍，然後才搭最後一班公車回家。

父親已經睡了，母親仍在客廳裡等他。

公寓的四樓上，一片清寂；獨有矮几旁那盞落地燈，透過乳黃的紗罩，在客廳一角投下一圈柔和的光暈。

母親仍穿著他黃昏離去時那襲素色的家居服，安詳地坐在藤椅裡看書；銀邊而有細鍊的眼鏡，在燈光下微微發亮。

大偉開門進來了，母親抬起頭，微笑著；從未蔻丹過的雙手，把膝上那本淡綠皮面的《菜根譚講話》輕輕闔起，彷彿一整晚的燈下凝坐，所期待的，只不過是兒子夜歸時自己這麼一個句點式的動作而已。

「回來啦?」像任何一個夜晚一樣，母親習慣性地問著。

「電影還好看吧?」

「洗澡水已經燒好了……」

大偉漫應了幾聲，坐在小小的玄關裡兀自脫鞋。簡短而又家常的母子對話，游絲般浮現在安靜的客廳裡，很容易使人產生一種心不在焉的恍惚感;大偉有點懶洋洋的，但偶一回頭——也許是落地燈光的投影吧?也許是他自己的眼鏡尚未摘下;但更也許是二十年的生命中，他首次從這匆急的一瞥裡，無心地見及母親的頭髮——隔著一段距離，忽然間，他愣住了。

母親不算老，才五十出頭，雖然鬢邊和額際的髮根早已飛上輕霜;可是平日她慣於把它們向後梳成一個輕鬆自然的圓髻，大偉從不覺得那有什麼特殊。而此刻，清緩的夜色，水溶溶地包圍住這麼一個耐心等候兒子夜歸的女人，一燈熒然之下，那歷歷可數的銀絲，竟呈現出一抹柔和的珠灰色彩。

大偉有幾分感動，他從不知華髮也可以流瀉出如此溫藹動人的美麗。以往，他總是注意丹丹的長髮，那樣一匹垂在少女肩上的烏光水滑的軟緞，實在充滿了青春的誘惑，不由得人不激賞。丹丹也極珍愛它們，常拿著一柄玲瓏的小刷子，微側著頭，梳啊梳的；偶一有了漸漸變灰的髮絲，即使是極偶然的一根，也十分嚴肅地要大偉立即拔去。

「女人都是怕見鏡中添白髮的。」不知在哪一本書上，他好像也看過這樣的話。

如果，白髮之於女人，是一個難於接受的事實，可是，爲什麼身爲女人的母親，卻獨有這分怡然，在每一次晨昏的攬鏡自照中，都含笑接受了這些早生的華髮呢？

大偉想起遠在太平洋彼岸攻讀學位的大哥、已經成家立業的大姊、即將戴上第二頂方帽的二姊，以及每一天都活躍在校園裡的自己……

也許，當兒女們健壯得開始享受青春的時候，做母親的，卻已在滋生的華髮中交付了她們自己的青春。

多少年來，對兒女的愛、對丈夫的包容、對這個家所做的犧牲，已使母親成爲一個柔韌堅強的女人，寬厚得足以承擔起任何歲月的重量。

華髮雖已不再炫耀青春，但對一個充滿母性光輝的人來說，那裡面豈不包含了更豐富更深厚的東西？

窗外不知何時已下起瀟瀟小雨，這個平常的夜晚忽然因他見及母親的幾莖華髮而變得不尋常起來。

他很想說些什麼，也覺得自己該說些什麼；可是二十年來，他一直理所當然地支取母親的關愛。如今，在這短暫的母子相對裡，他實在不知如何跨越迢長的時光距離，對母親所曾付出和即將付出的一切，做一個清楚的、等值的回報？

他還是只像往常一樣，淡然地說：

「媽，您先去睡吧！謝謝您等我……謝謝您！」

最後一句話，凝聚了無限的感恩，在他體內激動響亮得快要震破他自己的耳膜了，但在這燈光擰熄的小客廳裡，卻微弱得連他自己也聽不見。

——六十八年五月十七日《台灣時報》副刊

體貼

這是他們結婚半年以來，第一次這麼嚴重的爭吵。

如今，一場不算小的風暴已過，她坐在臨窗的一隻圓椅上休息。窗外一株小鐵線蕨的葉片，在幾乎無法察覺的微風裡，若有若無地顫動；她注視著那一抹細碎的綠意，不能想像一向溫文的自己，竟也有這樣近乎粗野的時候。

其實仔細想想，實在沒有必要生這麼大的氣。

今天，他只比平常遲歸了半個鐘頭而已；並且，她也知道他是正在爲即將來臨的桌球比賽琢磨球技，這是他早就向她「報備」過了的。可是，白天在公司裡，她和同事鬧了點小意見，一肚子不愉快，一心只渴望他早些回來，可以有個傾吐的對象，因此，這額外的半個鐘頭，對滿腹委屈的她來說就顯得格外難捱了。

每一次摩托車的馬達聲在巷口響起，她都忍不住跳起來跑到陽台上去張望。然而，每一次的張望，都使她深有被欺騙玩弄的感覺；白天不如意的記憶又在心底燃起，匯成一股憤怒，以致於當他推開那扇雕花木門，興匆匆地走進來時，她竟然順手拿起矮几上那本精裝的《培梅食譜》，朝他擲了過去。

「既然打球比回家還重要，就不要回來！」

積壓了許久的情緒，終於爆發了出來，明知這是要不得的「借題發揮」，但既然已經難以控制地發作起來，她也就乾脆橫下心，無理取鬧到底了。雖然，看見他手裡還拿著安全帽愣在門邊的樣子，她也著實有些不忍。

如今，她的心情已平靜許多，思前想後，只覺得理屈的是自己。她很想站起身來，到書房去告訴他——其實她沒有什麼惡意，只是情緒不佳……。但一向好勝好強的她，雖然心底早已軟化，卻仍兀自坐在椅上不動。如果，自己眞是那麼一個能立刻站起身來去承認錯誤的人，那麼當初這一場爭執也就不會發生了。

——可是此刻，他究竟在書房做些什麼呢？難道兩個人就這樣一直僵持下去？

她想起大學時代的秦和李來；兩個死要面子的人只不過爲了一點小誤會，誰也不肯先去找對方，結果就這樣不明不白地分手了。當時，她還責怪他們都太倔強，可是現在想想自己——唉，她不禁嘆起氣來，爲什麼自己也是這種脾性呢？

書房的門開了，他走了出來，熟悉的腳步聲在她房門口遲疑了片刻，然後，她感覺到他繞到她身後，溫厚的手掌輕按在她肩上：「還在生我的氣？」

她沒有回答。

「不要再氣了，以後我會早點回來。現在天已晚了，妳大概也餓了，走吧！我請妳出去吃消夜，把所有的不愉快都忘掉。好不好？……」

他伸手去拉她的手，要她站起來。她抬起頭，接觸到的，是一雙充滿深情、正含笑俯視她的眼睛；她有點感動，但也不好意思起來，在這樣的誠懇寬容之前——畢竟，爭吵的導火線是她引燃的，應由她先平息才是。

她忍不住長吁了口氣，微笑起來，覺得所有的委屈不快，都在剎那間煙消雲散了。她感謝他的打破僵局，他一向都是溫厚而理智的人，「夫妻之道無他，相互體貼而已」，這是他常說的。因此，像秦和李之間的那種冷戰，在他們之間是不可能發生的，因爲孤掌難鳴。

「但是」，她在心底想，「我也不能因爲如此，就任性地常鬧情緒，處處遷怒於人，並且在事後又表現得那麼倔強呀！就算是回報他這無條件的體貼吧！我也該修正自己的個性才是。」

於是，她體貼地站起來，隨他走出家門，這才發現自己眞是餓了。

——六十九年三月號《宇宙光》雜誌

媽媽手記

小薔薇

妳是仲夏清晨和露綻開的一朵薔薇，好嬌、好小、好粉紅。
當潔白安靜的產房裡，妳舒徐而柔和的哭聲，忽然音樂似地亮起來時，我不知為什麼地哭了。
那是妳的第一次呼吸，也是妳在世上自行生活的開始。
燦爛的開始，煌煌然的開始。
所有的疼痛、撕扯、不能控制的呼喊，都已過去了。
驚濤駭浪之後，平靜的海面上，是薄薄的陽光，安靜得出奇的藍。

是誰這樣說？——

「這是最遙遠的路程，

來到最最接近你的地方。」

疲倦中，我聽見窗外麻雀遠遠的啁啾。

有一個，不，有許多個美好晴朗的日子，在等著我們。

可愛的謎

妳夢裡每一次展現的笑容，在我看來，都是一則則可愛的謎。

——笑什麼呢？爲什麼而高興呢？那麼小小的祕密，能不能讓媽媽知道一點點？

能喜歡這個世界，並且喜歡到快樂得笑起來的程度，該是幸福的吧？

我喜歡在妳小床邊，看妳的嘴角那樣輕輕一動，然後，粉團團的小臉上，幸福的水波就一圈又一圈地盪開。

我猜不出那可愛的謎，就像我永遠不知道，一顆小石子，能在一池春水裡推出多少的同心圓？

但我還是很高興。

因爲，有許多我們貼心喜歡的東西是綿綿無盡的。

因爲，妳和我一樣，愛生命、愛世界、也愛一切完美和不夠完美的東西。

第一件禮物

《詩經》、《老子》、《四書》，甚至整部《辭海》。

爲了替妳取一個最恰切的名字，妳的爸爸，竟然有些痴傻地把它們全都翻了一遍。

爲什麼替女兒取名這麼難呢？張愛玲不是說過：「爲人取名，是一種輕便的、小規模的創造？」

——其實，眞是不難的；只是有許多事情，當我們愼重起來，它就難了。

然而，暖洋洋的燈暈籠罩之下，蝶形花盛開的紫藤窗前，我多麼喜歡那份愼重，我珍愛心底那爲人父母的莊嚴感覺。

終於，散在桌上的書又各自回到架上，精裝的兩冊《辭海》也厚厚地闔了起來，妳的名字終於決定了：好漫長好曲折迷人的一段歷程。

妳的名字，濃縮了我們全部的、永遠的祝福；名字跟著妳一生，祝福也就跟著妳一生。

因此，妳的名字，是我們用紅線穿起，繫在妳頸間、垂在妳胸前的小小護身符；是並不富有的我們，共同爲妳挑選的第一件豐富的禮物。

水晶球

有一次，在小路上散步。

一個小男孩，又閃又躲地在母親的鞭子下哭喊著求饒。

細細的竹條凌亂地抽擊在衣服上、肉體上，發出那樣富有彈性，但又令人心痛的聲音。

踩著碎石子，我再也不忍去傾聽那愈來愈細微的委屈的哭泣；風裡，我垂下頭，默默地回家。

我不忍去傾聽——是因爲我太柔弱了？還是因爲我在期待一個沒有鞭子、沒有傷害、沒有暴力的世界？

對於妳，我們將永遠不去使用鞭子。

在和諧平衡的親子關係裡，鞭子恆屬多餘。

我們的雙手，不是用來拿鞭子，是用來提攜妳、幫助妳走上一條屬於妳的道路的。

我們的心是用來愛妳、關注妳，好讓妳健康快樂地成長的。

如果幼吾幼以及人之幼，已是我們所具備的美德，那麼，讓我們祈禱——

每一寸兒童的肌膚，都不曾留下鞭痕；

每一個歡樂的童年，都是不被打碎的水晶球。

——六十八年十二月十一日《中華副刊》

第一個母親節

今年的母親節，是我生命中第一個母親節。

對一個年輕的女孩來說，做母親，是一件辛勞並且任重道遠的事，但同時，這也是她開始散發生命光輝的起點。

在生命中，我們常常面臨許多選擇，而每一次的選擇，都或多或少含有一點冒險賭注的成分，但只有在選擇母親時不是，那是一生中最莊重輝煌的決定，是一樁永遠令人無怨無悔的美麗選擇。

如果說，生產使一個女人完整，那麼，扮演母親的角色，便該使一個女人成熟了；因爲，只有在做了母親以後，你才能深切體認出，爲一個所愛的對象犧牲，是多麼美好的一件事。

你願意爲小寶貝奉獻所有的時間和精力，你願意在初爲人母的手忙腳亂中，含笑忍耐每一天的睡眠不足，你願意放棄往日從容悠閒的生活步調。

在學生時代，也許你是個鬧鐘也無法吵醒的傢伙，然而一旦成爲母親，你甚至捨不得使用鬧鐘，你怕嘹亮的鈴聲會驚動熟睡中的小寶貝；但是，該讓他吃牛奶、該爲他換尿布的時候，即使是天寒地凍的冬日深夜，你也能毫不留戀地自被窩中披衣而起，做你該做的事情。

報上熱烈的影評，戲院門口如龍般蜿蜒至行人道上的買票人潮，已不再那麼使你心動了；因爲，對於一個母親來說，一部電影的上片下片與否，是只屬於影劇版的事，而一座萬方矚目的奧斯卡金像獎，並不比家裡的小寶貝來得可愛。

你也開始明白，一個女人最柔情萬種的時刻，不在兩情相悅的初戀時節，不在地毯的那一端，而竟是在她懷抱著臂彎中的嬰兒，一次又一次地，以那樣專注深情的目光，凝視小寶貝漸漸入睡的時候。

你深深知道，在那樣天地也爲之屏息的寧靜裡，一個母親是最堅強但也是最軟弱的；你可以很容易地傷害她，但你永遠傷害不到她的嬰兒。

而在一點一滴地學習做好一個母親以後，你終於驚喜地發現，你內心中褊狹的愛擴充了，你開始對街上每一個成長中的小孩充滿善意，你變得比以前更懂得將心比心。

每一天清晨醒來，你的心底都飽漲著對嬰兒、對世界的讚美與愛——那樣輕細溫和的關切，彷彿是澆淋在雙子葉植物芽片上的早春陽光；那樣遼闊無涯的母性之愛，也彷彿窗外直向天地盡頭迤邐開去的五月田園一樣，生生不息，浩瀚豐實。

因此，生命中的第一個母親節，我的內心不可遏抑地洶湧著興奮與滿足，我把它看得比一年中任何一個其他的日子都來得重要。因爲，身爲人母的自覺，使我發現了生命中更豐富動人的層面。

「養兒方知父母恩」，當然，生命中第一個母親節，我感謝父母多年來生養教育的恩情，而瞻望未來綿延不盡的日子，我深切期盼小寶貝繼續在健康快樂的環境中成長、茁壯。爲她，我願意支付一個母親所能支付的全部。

——六十九年五月十七日《中央副刊》

蘋果的聯想

去年夏末，蘋果開放進口之後，滿街的水果攤上，都增加了一點殷紅美麗的顏色。

在逐漸秋涼的季節裡，蘋果不再是高不可攀的貴族，而金黃的橘子，卻依然是身價一成不變的平民。

挽著提籃上菜場的途中，忍不住就有好幾次，佇足在專賣蘋果的攤子前，很耐心地看小販打開紙箱，從保麗龍板製成的保護模型中，取出蘋果，一只一只，擦淨拭亮，頗富創意地堆疊起來，形成菜市場上一片誘人的風景，內心沒來由地感到歡喜。

其實，我並不是愛吃蘋果的人。在許多擁有蘋果的日子裡，我常遠遠地與它對坐，欣賞它高踞水果盤中心，一副「百果之后」雍容華貴的姿態，也很少特別走近去一親芳澤；對我來說，這種水果在視覺上所能造成的滿足，似乎遠比味覺上的快樂要大得多。

也許，這樣的想法是稍稍偏執了些，但是，如果弗洛伊德的理論沒錯——一個人童年時期的某些記憶，對於他日後的行爲選擇，往往具有暗示性的影響——那麼，童年時期那次不甚愉快的蘋果經驗，便應是兜頭淋下的一盆冷水，在我還不曾眞正嘗到這種水果的芬芳之前，便已先澆熄了我對它珍愛的全部熱情了。

一直到現在，我仍然無法忘記，二十年前，在那個沒有冰箱、沒有電視的克難時代裡，一只蘋果曾怎樣使我在想像中飛上快樂的雲端，又怎樣推我跌落在尷尬失望的泥濘裡……

那年夏天，當一位父執輩人物送來四個蘋果，並且父親允諾，我可以擁有其中最美麗碩大的一只時，一個六歲女孩的小心靈，就完全被奢侈華麗的感覺脹滿了。

一只蘋果，是一只瑪瑙雕成的藝術精品，稀有而珍貴；我雙手捧著、把玩著，

聞它清醇的香氣，端詳它深紅光滑的膚面，撫摸它神祕的爪似的形狀，一點一點享受那種實實在在擁有一個蘋果的新奇感覺。

我並不急於吃它，對於一件難於得到的事物，我捨不得太早就讓它消失；我要保留著它，直到最後，才像赴一場盛宴似地，進入眞正品嘗它的高潮。

連續兩個晚上，六歲的小女孩都擁著蘋果入懷入夢，在一大片又一大片碧綠的蘋果森林之上翱翔，像一個富有快樂的天使，掌管全世界所有的蘋果，那眞是最動人、最浪漫的仲夏夜之夢了。

然而第三天清晨，當母親拿一柄鋒利的水果刀，自蘋果中央剖下，刀起果開之際，卻獨不見鮮潔白淨的果肉，只有深淺不一的鐵鏽色澤汙染了大半個果面，幾條蠕動的毛毛蟲探頭探腦，自核心鑽出，彷彿責怪人打擾了牠們隱居的安寧。於是，所有天眞美麗的想望，都被這樣一枚不堪入目的「惡果」，毫不留情地擊個粉碎了。

那眞是童年歲月裡最難堪的一樁記憶、最醜陋的一場噩夢！錯愕傷心之餘，我模糊地意識到：也許，想像總比實際接觸更能增加一份美感吧？因爲隔了一段距離，你無法洞悉事情赤裸裸的眞相。

對一個六歲女孩而言，這樣的體認雖不致留下什麼傷痕，但卻毋寧是一種悲哀的早熟。因此，在許多對蘋果讚不絕口的嘆賞聲中，我獨獨無法產生共鳴，並且無法從那種酸中帶甜、微微發泡的舌尖感覺裡，去享受一點樂趣，似也是理所當然的事了。

然而，溫暖的秋陽之下，在眾多當令的水果中，我總還是選擇了蘋果，而放棄了自己一向喜愛的柔軟多汁的金橘，並且常一口氣就買上十來個。

提著沉甸甸的菜籃，走在回家的路上，往往不自覺地竟踏實喜悅起來。並不是已經從童年的噩夢中昇華了對蘋果的感覺，而是因爲興奮地想到，才四個月大的女兒，正需要這種營養豐富的水果；而童年時幾乎不曾見過蘋果的他，也可以得到一點補償，盡情地大快朵頤。

晚餐後，我常在燈下，拿一把小銀匙，把酥細的果肉刮成泥狀，一匙一匙地哄餵小女兒。客廳的另一邊，則往往是他獨坐在舒適的躺椅上，清脆地一口一口咬著碩大紅艷的蘋果，像個還童的人；那種沉醉在蘋果的世界裡，似沉思又似追懷往事的表情，以及小女兒吃得津津有味、嘖嘖有聲的樣子，常使我這個夾在他們父女之間、不愛蘋果的人，也不禁充滿一種幸福的感覺，並且忍不住嘆息起來。

他是從貧苦的農家出身的，童年時期不曾擁有過任何玩具，進初中以前沒穿過皮鞋，讀大學以後，才眞正嘗到蘋果的滋味。這樣的清儉寒酸，和我們的小女兒，在還不知道蘋果究竟爲何物的時候，就已經不虞匱乏地在享用著它的富裕，簡直是不可同日而語——但世界本來就該不斷進步，誰不希望下一代比上一代更享福呢？因此，在淡若輕烟的感觸，偶自心底微微昇起後，餘下的，便是無比的滿足和寬慰了。

然而在買過幾次蘋果後，一天晚上，他忽然一本正經地說：

「以後，不要再買蘋果了！」

「爲什麼？」我忍不住驚訝地問。

「因爲買蘋果的一百塊錢，可以給妳買好多橘子呢！」

難爲一向粗枝大葉的他，竟也注意到這個秋天，我幾乎不曾吃過橘子的事實，一時間，我不免有些感動起來，紛亂的腦海裡，不知爲什麼竟忽然想起了美國小說家歐・亨利的一篇短篇小說：〈聖誕禮物〉。

在這個精簡的故事裡，一對生活拮据但卻彼此深深相愛的夫妻，各擁有一樣珍貴而値得自豪的東西——屬於男主人的，是一隻祖傳的無鍊金錶；屬於妻子的，則是一肩輝耀閃動、像一股棕色流水的長髮。那年聖誕節，爲了讓對方能擁有最完美的聖誕禮物，女主人把她心愛的頭髮剪下來賣了，買了一只白金短錶鍊，去配那隻無鍊金錶；而男主人卻賣了他的金錶，從百老匯的櫥窗內，挑選了一件貴重精緻的髮飾，想更增添妻子在長髮披瀉下來時的美麗。平安夜裡，雖然他們爲對方所精心準備的禮物，都已不再具有實用的價値，但是就在那樣美好的欠缺無奈中，他們發現了比禮物更重要的東西。

那天晚上，我不知爲什麼會想起歐・亨利的這個故事，因爲我們並不貧窮。

但是從那樣溫暖感人的情節裡，我忽然深深體會出，人性中最可貴的一點成分，或許就在我們能忘卻自己的存在，爲所愛的對象犧牲；而在那樣的時刻裡，自私愚昧都已不再存在，只有聖潔純淨的光輝，籠罩額頭，從內心深處平靜地散發出來。……

其實，在平凡的生活中，我們不過是平凡的男人和女人、平凡的丈夫和妻子罷了，但是透過那平凡的有關蘋果的對話，我竟也洞見了彼此平凡微小的讓步與犧牲，於是，明天該買什麼水果的問題已經毫無意義了——因爲，就在彼此平凡但卻甘之如飴的犧牲裡，我們是兩尾得水的魚，游向對方，並且在水藻深密處欣喜相遇。

——六十九年九月十七日《中華副刊》

欣有託

眾鳥欣有託，
吾亦愛吾盧。

——陶淵明

那年初春，我剛把碩士論文完成，工作亦大致有了著落，心情十分愉快。每日除了讀書、散步、思考，或旁聽自己喜愛的課程外，生活中似乎只有一件大事，那便是等待六月畢業的季節到來，以戴上第二頂方帽子。

日子閒逸，人也變得瀟灑多了；而春天，又是一個美好得無以復加的季節，彷彿你不做點兒浪漫的事情，便辜負了這段辰光似的。於是，就在那年三月，當流蘇花綴滿枝頭的時刻，我披上白紗，做了仲春新娘。

婚後，我搬出生活了近七年的女生宿舍，住進光復南路一棟公寓的三樓，僅有二十四坪大小的房子裡，我們租賃了其中較大的一間。

那是我們生命中，共同經營的第一個家；很小，但是很可愛、很完整，並且由於新婚，處處充滿溫馨美麗的感覺。

在那只有八、九坪大的房間裡，一床一几、一桌一椅、一燈一鏡，是我們所有的家具，其餘，充實我們生活內容的，則是成綑成綑的書。談不上什麼室內裝飾，而且，狹小的空間，也無從讓我們做任何發揮。我常想起劉禹錫的〈陋室銘〉，也許我們比劉禹錫還更貧乏——因爲在公寓三樓，我們沒有階上苔痕，也沒有入簾草色——但我們仍充滿「何陋之有」的自豪與欣然，並且自信過得比劉禹錫更快樂、更甜蜜。

我相信，生活的樂趣，完全要靠自己去發掘、去尋找、去創造，才能獲得。

屬於我們的斗室，簡樸整潔有餘，但卻活潑生動不足，爲了彌補這過於靜態的瑕疵，我們把一些使用過的玻璃瓶罐，不論它過去是放果醬或盛裝藥劑的，也不論它的形制是窄口細長抑或大肚低矮的，總之，一律洗淨，撕去標籤，放進自海灘帶回的細砂，或自溪底撿起的瑩白小卵石，再注以清水，供養各式碧盈盈的水生植物，於是，窗下、床頭、桌上、牆角，便因著這些姿態生動的綠意點綴，而顯得熱鬧起來。偶爾心血來潮或陽光燦然的早晨，我也會出門買幾枝新鮮的雛菊或猶自帶露的玫瑰，不依任何流派，只隨自己喜愛地插在克難的花瓶或一只茶杯裡，整個斗室倒也因此而意外流露出使人愉快的田園氣息。

有花、有書、有愛情、有麵包、還有每天清晨都不忘投影在壁上的晨曦，看來我們這個所需無多的迷你之家，便似乎什麼都不虞匱乏了。但偶爾舉頭，那扇豁然洞開、汲進過多白花花天光的大窗，總讓人覺得這個小小世界，缺少了一點隱密性，於是，婚後第三天，我決定為它懸上一帘布幔。

由於裝潢店的窗帘，價錢貴得嚇人，並且所有的花色匠氣太重，缺乏親切感，我們便在夜市的地攤上，挑選了一塊質地柔軟且與米色牆壁相調和的鵝黃灑碎金小點的布料，由我在燈下，以兩個晚上的時間，一針一針地用手縫製而成。當打著細褶的窗帘，終於那麼動人地被懸掛起來時，斗室裡的光線更柔和了，穿戶的南風也更輕盈了。曾經，在有雨的夜裡，我匆匆回家，遠遠望見窗帘裡透出來的淡金燈影，所有的疲倦和不快，便自心頭抖落——一點光，是一分溫暖；一個家，是一座城堡；只有自己的城堡，才是風雨不侵的世界。我想起陶淵明「眾鳥欣有託，吾亦愛吾廬」的詩句，忽然對「欣有託」有了格外深切的體悟。「欣有託」說得眞好，所謂家，也無非是在廣宇悠宙之間，使我們身心都「欣有託」的一個小小據點而已。

隨著時光的流轉，我們這個「只有一間房子的家」（借用子敏先生的話），是愈來愈不敷使用了。雖然，我一直服膺「室雅何須大」的說法，但如果能爲自己找到一個更寬敞的生活空間，也不是壞事；並且，逐漸氾濫成災的書籍，也確實需要我們爲它們另覓一個安身立命之處了。於是，我們開始注意報上的「房地產」廣告，注意巷弄裡的紅紙招貼，偶爾也向朋友們打聽消息。而買房子這事，就像尋找終身伴侶一樣，除了運氣，還得憑藉幾分機緣。經過幾個星期的奔波、選擇之後，塵埃落定，我們終於找到了眞正屬於自己的棲身之處。

緊接著便是一連串簽約、繳款、付稅、登記過戶等的瑣碎事。等種種紛雜的事辦完，第一次拿著叮噹作響的鑰匙，走進那扇大門時，雖然家徒四壁，但想到這是眞正屬於自己的「不動產」，將來，養兒育女、發展事業、開拓人生的工作，都將以這三十二坪大的地方爲礎石而逐一展開，心裡倒湧起一種天長地久的感覺。

爲了使我們的城堡，具有我們的風格和特色，首先，我們把所有已經陳舊的壁紙撕去，請工人塗上淡綠的漆。因爲，綠色使人舒爽安寧，是一種清涼悅目的色彩；同時，綠象徵青春，兼有「長青」的美好意義在其中，那正是我們對這個家所共同寄以的期望。不過，在臥室壁漆的選擇上，爲了要添加一點夢幻的成分，我們採用了柔和的淺紫。我一直覺得，紫是一種極特殊、極女性化、看似冷然，實則熱烈豐富的顏色；唯有穿過它外在的高華淡漠，你才能接觸到它內裡深蘊的羅曼蒂克；愛情，有時不也是如此嗎？

經過一個禮拜粉刷、整頓的工作後，一個煥然一新的家，終於呈現在我們眼前了。然而僅有的幾件家具，一放進三房二廳的廣大空間裡，頓時顯得孤伶伶的；爲了妝點那空曠曠的客廳，我們把以前收藏的字畫從箱中取出，懸掛起來。又到故宮挑選了幾件喜愛的古畫複製品，於是，趙松雪「重巖疊嶂」的橫幅，便成了舉頭可見的壁上山水，疏淡細緻的水墨線條，引領著我們回到宋人閒適恬然的世界中去。文徵明的「春水煎茶圖」，也成了我們最愛品賞的一幅立軸，透過畫面，我們彷彿感覺得到山泉自松窗下淙淙流過的清涼、聽見瓦壺裡沸水滾動的聲音，也嗅到了清新的茗香。此外，如王孟端的墨竹、無名氏的「雪漁圖」、宋人的「嬰戲圖」等，不論畫面上展示的主題是什麼，也在在都能使人在品賞之餘，發思古之幽情。

除卻字畫外，爲了使我們這個在都市塵囂中的家，也能帶有一點活生生的園林氣息，我們再度發揮過去「案頭瓶插」的精神，培植了各式花草。所不同的是，以前是供養水生植物，現在則在富厚的泥土裡，任綠色的生命成長；如果，以前的瓶插是精緻的小品，現在的盆栽則應是耐人尋味的散文了。雖然，爲盆栽澆水、施肥、分株、摘除枯枝敗葉等工作，頗爲繁瑣無趣，但眼見盎然生意，就在自己的愛心與不斷澆灌中，綿延滋長，也實在是一大快事。

而有了花，似乎總覺得，還應該有魚有鳥點綴其間，才更爲引人入勝。但是公寓四樓，何能鑿池蓄魚？把鳥禁錮籠中，又非我們所願，因此，我們在一只長型玻璃魚箱中，養了幾尾款擺自如的金魚，和外貌凶猛、名字嚇人，實則個性溫和膽小的虎頭鯊。寧靜的夜裡，捻亮魚缸上的一支日光燈管，熄掉客廳所有其他光線，細細欣賞游魚在水藻中悠然穿梭的自得，倒眞能滌盡萬慮，忘卻所有的羈絆，而獲致心境的澄明。養魚之所以不像養鳥一樣容易產生罪惡感，是因爲魚在水中，總是那麼滿足自在，那麼慢條斯理，在魚缸裡，我們找不到一條憂傷的魚，但籠中鳥卻多半是不快樂的；於是，養魚便也成爲我們生活中極爲順理成章的一件樂事了。現在，我們早晚都得把定量的魚食投到水中，同時，還要定期洗刷魚缸；我們打算將來等女兒長大，要把這件事交給她去做，一方面培養她對動物的愛心，另方面也藉此機會建立她的責任感。

我們很少購置家具，但卻爲女兒買了不少玩具，這不但是一種教育投資，同時，也爲了要使她有一個美滿快樂的童年。我們特別爲她在客廳開闢了一個「玩具角」，在這個小小角落裡，整齊地擺著她的玩具熊、音樂鐘、小袋鼠、各式積木，以及她最喜愛的萬花筒等。每晚臨睡前，我們指導她把所有玩過的東西歸位，她倒也都能很乖巧伶俐地照著去做。有時，我不免望著這些玩具發呆，遙想自己的童年；不過，我通常不會在「玩具角」前佇立太久，因爲繁瑣的家務、緊湊的生活內容，以及日益成熟穩定的心境，都不容許我再傷感脆弱。所以，把女兒打發上床後，將韶華不再的感嘆收拾好，折疊好。緊接著，便該是我拖地板的時候了。

我喜歡過井然有序的生活，喜歡整潔舒爽的環境，如果地板拖得光可鑑人，赤足踩在上面，一粒砂子也沒有，那便是我最平靜愉快的時刻；我不能忍受家的髒與亂——「一室之不治，何以天下爲？」——家，是需要我們以愛去努力經營、小心呵護的。

我們的家，已成長了四年，將來，還會有無數的四年，湧向我們。然而，不論如何物換星移，人事變遷，我心底那份對家的「欣有託」的感覺，是永遠不變的。

——七十一年一月十八日《台灣時報》副刊

婆婆・媽媽

婆婆是我的第二個母親。

我很幸運能同時擁有兩個母親，並且能從她們那兒支取綿延不盡的母愛潤澤。

從來，我對於「婆婆媽媽」一詞的了解，只限於一般人約定俗成的意義，以為那就是「喋喋不休」的同義詞。然而，在一段偶然的機緣裡，和自己的婆婆、媽媽共同生活了一段時間以後，我才深刻體認出，做為一個不拘小節的年輕人，如果在生活上能有婆婆媽媽這樣的長者，隨時給予溫厚關切的提醒，那麼，這實在是樁可欣羨的福分，而「婆婆媽媽」一詞，也自有它感人的意義隱藏在字眼背後。我們不應老是武斷地拂逆長者發自內心的善意，畢竟，在許多時候，這些不厭其煩的呵護，也適足以修正或塡補缺乏耐心的我們，所常造成的一些錯誤。

對於自己的婆婆和媽媽，以前，我是以一種小女孩似的感情去愛她們的；而現在，當我也身爲人母，並且比過去更懂得將心比心之後，在種種不變的信任與親情以外，我對她們充滿無比的尊敬和感念。

還記得去年八月，我甫從醫院生產回家。

小寶貝的來臨，固然帶給我極大的喜悅，但初爲人母的手忙腳亂，也使得我們一向安閒井然的生活秩序不復存在，每一天都充滿了緊張與忙碌。

據說，女人產後坐月子期間，是身體最虛弱的時候，需要充分的休息和營養。婆婆與媽媽都是過來人，她們兩個，一個希望媳婦、一個希望女兒早日康復，因此，雖都已年過花甲，卻仍不約而同地在暑熱的季候裡，遠從南部趕到台北來。

那一個月家居調養的日子，我想，我是非常幸福的。

婆婆與媽媽什麼事都不要我做，把我保護得什麼似的，只要我休息。

她們彼此互相協調好，把家事大致分成兩部分，一個買菜，另一個下廚，一個洗小寶貝的尿布，另一個則整理環境；偶爾我過意不去，想稍稍幫個忙，如擦擦地板之類，婆婆或媽媽一定會搶下我手中的拖把，不准我動手。

「小寶貝睡覺的時候，妳就跟著睡，這樣等她醒了，妳才有精力抱她啊！」婆婆總是這麼說。

每逢這樣的時刻，媽媽也一定在一旁幫腔：「女人坐月子的時候啊，最重要了。許多女人就不信這一套，坐月子的時候不注意，所以到了中年以後，什麼毛病都出來，比方說腰痠啦、背痛啦、關節痛啦等等，所以還是聽我們的話，多多休息吧！家務事別操心，有婆婆和媽媽幫著。」於是婆婆媽媽不許我洗頭、不許我穿無袖的衣服、不許我吃生冷的東西，甚至連冷水也不許我碰一下。

一向自由慣了的我，起初不免覺得處處受限制，但有一次午覺初醒，帶著幾分飽足的慵懶起來，發現婆婆佝著腰正在爲小寶貝搓洗一塊又一塊的尿布，媽媽則低著頭在客廳裡爲我縫補一件脫了線的襯衫。午後的世界那樣寧靜，窗外的陽光那樣明麗動人，而兩位早添華髮的媽媽，卻只沉緬在她們手中的工作裡，忘了天地也忘了自己的存在。

我的內心被一陣突如其來的感動衝擊著，不覺有些鼻酸。

在那一刻，我發覺婆婆媽媽雖都是極平凡的女人，她們不會說大道理，也沒有動聽的金科玉律可供我們做爲一生奉行的座右銘；然而，藉著細膩繁瑣的生活細節，她們默默散發出生命的光輝，並且每一點一滴的犧牲都發自內心，不求回報。

原來，母親對子女支付她們自己的愛，是永遠也不嫌多的。

我想起學生時代許多次，不肯聽母親的話，多帶一件毛衣或攜雨傘出門而終致著涼感冒的事；也想起這次的早產，正是忘了她們的忠告，在家裡從事大掃除的結果。

於是，我對於「婆婆媽媽」一詞，開始有了不同的看法，我忽然覺察出自己的幸運，因爲婆婆媽媽式的嘮叨，實際上永遠是最溫暖的叮嚀；但另一方面，我也不免爲普天下的母親感到些微悲傷，因爲婆婆媽媽式的提醒，似乎也永遠是最被忽視的忠告。

不知是誰這樣說過——

「母親的心好像一個針插，常年承受著針尖有意無意的傷害，卻從不喊痛。」

這樣的話，我現在想來只覺得心酸。什麼時候，我們做子女的，才能使母親有免於做針插的自由呢？

那段坐月子的時日，在婆婆媽媽的仔細照拂之下，我過得平靜而快樂。我開始喜歡婆婆媽媽的「媽媽經」了，我對於她們眞誠而忠於自己的母性之愛，充滿了敬意。蘇東坡曾有詩說：

「猿吟鶴唳本無意，不知下有行人行。」

他認爲一切自然而發乎本心的事物都是美的，而對於我平凡但卻誠懇自然的婆婆、媽媽，我亦做如是觀。

三個母親——兩個年長的，一個年輕的——在一起，度過了一段清和如水的假期，因此，我每一想起去年那個夏天，就覺得甜蜜。

——六十九年五月十一日《中華日報》副刊

賢妻手中線

女人在從事編織或縫紉的時候，總是最莊嚴端麗的時候。

當她們垂首，頸背之間呈現出一道光滑細緻的弧線，一股母性之美，便從那聚精會神的專注中，不自覺地流露出來。

地球旋轉的速度，彷彿緩慢下來了，你忍不住爲之一驚，因爲所謂的和平，不在爭辯激烈的國際會議桌上，也不在相互交換簽名的一紙協議書中；眞正的和平，卻竟然那麼簡單地只存在於女人的一低眉、一垂首之間。

是的，低眉垂首，那樣安靜無言的姿勢裡，包含了許多的溫柔與犧牲。你幾乎可以看見，就在那迅疾均勻的針起針落之中，一個女人的生命，正一寸一寸地在燃燒；她的青春，正一點一點地在消褪；然而她的關愛，卻涓滴靡遺地全都縫進她手中那件衣物裡了。

當然，生活在現代，身爲女性，她也可以成爲一個叱咤風雲、不讓鬚眉的角色；她盡可以在家以外的地方，去從事其他更富創造性的工作，去拓展一番海闊天空、與男人一爭短長的事業，但那樣陽剛跋扈的強者形象，不是女人的本色。

只有當她回到家裡，卸下精明幹練的外衣，隔開窗外的車水馬龍，開始心柔念淨地坐在落地燈前，爲丈夫的襯衫，釘上脫落的扣子，爲兒女的衣服，縫補脫線的部分時，她才是眞正的女人。這一個家，也因爲安樂椅中，有了這張柔和的側影，才格外顯得完整、幸福。

因此，從某個角度來說，女人是另一種強者，她的美德，在於她的含蓄，在於她的知所收斂，在於她對自己的張弛屈伸，永遠有著最有分寸的把握。「天下之至柔，騁天下之至堅。」男人的背景力量是女人，所以，人間不能缺少燈下紉綴的母親或妻子；慈母的形象，賢妻的形象，那是我們心頭恆久感到溫暖與光明的記憶。

——而做爲一個賢妻，那或許更是一個女人邁向慈母的起步吧？

可是，自從女權運動如火如荼推展以來，「女人走出廚房」的口號愈喊愈響，

「能妻」愈來愈多，「賢妻」卻反而好像少了。

在許多時候，做爲一個女人，當我們平心靜氣一想，便不難發現，過分劍拔弩張地向男人爭取女權，或強調女人在家庭社會裡的地位，有時實在不免帶著點意氣用事的意味，彷彿透過這爭取的行動，便證明了自己的能力，或報復了一點過去所受的束縛和壓迫似的。

其實，知所退讓，知所犧牲，是比知所爭取，需要更多的智慧與涵容的。賢妻遠比能妻難爲，但賢妻卻也遠比能妻更爲可敬可愛。

《紅樓夢》裡的鳳姐，雖然精明能軒，聰慧過人，是典型的一柱擎天的能妻，但卻不是成功的持家者；因爲她處處要強，得理之際，從不饒人，給人的壓迫感太大。所以，每當我看見女人，在幹練地忙完她辦公室的工作之後，回到家裡，仍能心甘情願地收起她耀眼的鋒芒，呈現她溫柔可人的一面，爲丈夫在燈下補一隻破損的襪子，或編織一件溫軟舒適的毛線背心，便大爲感動。

畢竟，做爲一個女人，是比男人要做更多犧牲的，這無關乎男女平等，只是體貼耐煩的天性，使他們比較容易傾向如此的作爲；只是基於一片深情，基於愛，她願意這麼做罷了。

所以，在一個正常康寧的家庭裡，賢妻雖不是這個家中蜜糖似的人物，不是花朵，不是蝴蝶；但卻是這個家的鹽，是蜜蜂，是使得花繁葉茂的泥土，是這個家的光。

當她微笑著從滿頭大汗、窘狀百出的丈夫手中，接過那似乎永遠也穿不過針孔的絲線，樂意爲他代勞之際，當她心甘情願地在燈下紉綴不輟的時候，她所織成的，不只是細密的經緯，更是這個家柔韌不破的和諧。

——七十一年六月十七日《中國時報·人間副刊》

跨過歲月的門檻

一、景象

廊簷底下，懸垂在一只瓦缽裡的報歲蘭，又開花了。映襯著臘月溫暖稀薄的陽光，安詳素淨的花瓣，徐徐舒展開來，在若有似無的輕風裡微微頷首。

那樣從容揖讓的姿態，叫人隔著一窗綠紗，與它面對良久，竟覺得一顆心漸漸怡然溫柔起來；恍惚中，彷彿又回到悠遠綿長的歷史裡，回到古老的、農業時代的生活氛圍，回到老祖母在大灶前，掀起蒸籠圓蓋，讓清醇的年糕糯香，和著白花花的水氣，迎面撲來的童年回憶裡了。

其實，報歲的，又豈只是瓦缽裡悠然綻蕊的蘭花？

當農民曆上明明白白標示出節令是「大寒」的時候，許多人家的陽台上，便已迎風掛起一串串花白相間的臘味，和圓滿肥碩的香腸了。

商店裡，各色年貨「傾巢而出」，密匝匝地陳列起來，並且當仁不讓，直堆積至門外，占據住大半個騎樓。

街市上，各種硃紅的春聯、橫披、吉祥圖案，灑金的、綴著流蘇的、噴上亮漆的，也都歡天喜地，鋪展出一片繽紛熱鬧的年景。

而在隆冬熙攘的人潮裡游動著，你發現寒流來襲的低溫特報，是並不如想像中那樣可怕的。因為每一個迎面而來的行人，眼角眉梢彷彿都帶點輕快的笑意──「快過年了」的感覺，是那樣強烈明顯地彌漫在空氣裡，你說不出為什麼，但你知道，正是這種心照不宣的神奇氣氛，把天地都點染得忙碌、歡樂起來……

立春的傳統、所有過年時的美好，那是每一個華夏子孫生命中都共同擁有的部分；那也是溫暖有情的一首歌，永遠在歲暮年終的時刻，一次又一次地自我們心底唱起。

雖然，冷漠的機械文明，曾席捲過農業傳統裡敦厚可親的一切，使我們在許多時候，充滿文化鄉愁、充滿失落的感覺；但，看著興旺的年景，那麼鮮活地仍浮現在大街小巷裡，於是，我們又感到自信起來。因爲，時代再怎麼變遷，有一些屬於傳統的事物，是永遠也不會消失的。

二、心情

也許，我們眞是一個比較幸福的世代吧？在沒有戰爭、不虞匱乏的歲月中，我們已安恬平靜地度過每一個美好的日子了，過年時的種種，又以一種更其富庶豐饒的姿態，排山倒海而來，誰能說那不是奢侈的錦上添花呢？

小孩子喜歡過年，那已是一項不需解釋的定理。

任何人都童年過，也都能會心地了解——兒童在大人忙碌的張羅中前後穿梭，那種好奇好玩的心理，會怎樣沒來由地感到興奮和滿足？而最後，辭歲的高潮來臨，當淺淺小小的荷包，魔術似地豐實起來、飽滿起來時，淺淺小小的童心，又將如何隨之鼓脹起可愛充盈的喜悅？

當然，離開童年漸遠，開始認識人世的憂患和生活裡的許多責任以後，我們也漸漸享受不到那種單純有趣的快樂了。

「又長了一歲」的感觸，總在心頭浮漾，不是那麼容易就可打發走的；那是一種糅合著警醒和嘆息的複雜體認。然而，可喜的是，在送舊迎新的時刻，再怎麼老成世故的心，也仍然具有一種本能，對未來充滿希望和憧憬。

畢竟，過去的一年，不論否泰凶吉，總之，在漫長的跋涉之後，它都要成爲永遠的歷史了。而全新的一段年光，卻紮紮實實地掌握在我們手裡。那是歲月給我們的壓歲錢，三百六十五張，每一張都嶄新平整，沒有一點摺痕。有了這麼豐厚的年禮，我們可以很容易地重燃希望，可以很容易地忘去一切年華如水的感觸、忘去一切曾經有過的不平和不順。

因此，在每一次面臨歲月門檻的時候，幾乎每一個人，都是以一種宗教性的莊嚴與虔誠跨越過去的。因爲幾乎每一個人，都如此熱切企盼來年，能在圓滿順利中揭開序幕。……

三、回饋

童年少年時代，在過年的熱鬧中，印象最深並且最喜愛的，並不是大年初一的喜氣洋洋；也不是正月十五的搓元宵、提花燈，卻是除夕三十團圓夜裡，種種瑣碎而又親切的點滴。

那時，窗明几淨的家，早就由一些大大小小的「春」字、「福」字，和「對我生財」、「步步高陞」、「抬頭見喜」的吉祥話，給貼出一番新氣象了。四季果盒和年夜飯專用的杯盤碗盞，以及精緻的銀筷，也都從貯藏室裡一一請出，被擦得光可鑑人地擺在適當的位置上。

除夕的黃昏時分，狹窄而霧氣蒸騰、油香彌漫的廚房，永遠是最溫暖忙碌的地方。鋪上新檯布的飯桌上，擺著的常是炸得金黃噴香的全魚，素炒什錦，剛剛蒸熟、切成薄片的香腸，閃著晶亮顆粒的珍珠丸子，還有象徵闔家團圓如意的十全湯……

萬事齊備之後，父親就率領我們，在歷代宗親神位前，上供、拈香、點燭，開始祭祖。

我喜歡爆竹碎屑，在一陣劈啪的火光中，如雨般紛紛披灑下來，落得滿院子、滿台階都是的動人氣象。

也喜歡祭祖時，滿室的清烟繚繞；那種朦朦朧朧、爐香靜逐游絲輕轉的從容太和，層層包裹著我，童稚的心靈彷彿就眞覺得自己是在列祖列宗的庇蔭和保護中，充滿了無以名之的安全感……

成長以後，大年三十，常在自己親手建立的家裡，痴痴回想這些美好清晰的片段，周身便覺得有一股暖流通過。雖然，隨著時光流逝，所有童年少年時代的溫馨，都只能在記憶裡重溫，但除夕夜於我的意義，仍遠甚於年節裡任何其他時刻。

每年除夕，我總愛在夜空中火花最亮、爆竹最響的時候，許一個心願，今年自也不應例外。

——如果，吉祥如意，是我們老祖宗留給後代的一句禱詞與祝願，如果，幾千年來，這樣一句包含萬千祈福和叮嚀的禱詞，曾像傳家寶一樣，代代口耳相傳；那麼，希望金雞報喜的辛酉年裡，吉祥如意，不只是一句抽象的祝福，而是我們努力過後，得以成眞的生活境界！——在遠離了童年的純眞無知、開始眞正體認過年意義的時候，或許，這才算是我們對說這句話的老祖先、對哺育我們成長的溫馨傳統，所做一個最有價值的回饋吧？

——七十年二月七日《中華副刊》

甜蜜世界

小時候，讀過一則可愛的童話：

瑪麗和傑克在森林中迷路。他們沿著一條全是牛奶的河流行走，找到一座用糖蓋成的小屋——門，是一整扇赤褐色的巧克力；窗户，是一片片薄而透明的水晶糖；屋頂，由許多鮮紅的菱形糖塊鋪排而成……。瑪麗、傑克，先是一愣，繼則歡天喜地，立刻跑上前去敲門……

這樣一座「全糖精製」的房子，一直矗立在我早年敏感好奇的思維世界裡，煌煌然發著光，那樣明晰、美麗，彷彿故事中所曾有過的森林、城堡、花園、宮殿，都已黯然失色，只有它，才是眞切得近乎存在的。因此，在許多遙望白雲發呆的時候，在許多陽光把人照得有點寂寞的初夏時光中，梳辮子的小女孩，總不免煞有介事地設想：傑克或瑪麗，若能撕下一點屋頂，敲碎一塊玻璃，送進嘴裡，任那甜絲絲的感覺，在脣舌之間漾開，延伸至喉頭，周流至全身，那該是多麼美好過癮的一件事？

然而，所有的遐想往往持續不了多久，簷下幾聲啁啾，窗外一陣風過，翻起碧閃閃的絲瓜葉片，假想的糖果屋「續集」，就在陽光之下，不著痕跡地消融了。

當然，二十年過去，森林中精巧的糖雕小屋，是不會再教人興奮留戀了；但是，那樣一則對童心充滿了解的故事，卻仍使我爲之心醉不已；我仍然喜歡常常想起它，仍然喜歡那甜蜜的構想，並且，我仍是一個愛糖的人。

童年時代，爲了吃媽媽收存在玻璃罐裡的各色糖果，常咬著下脣，做了許多自以爲「悲壯」的犧牲：甘心放棄和鄰居小孩在沙堆打滾的樂趣；甘心規規矩矩坐在小帆布凳上，背那枯燥乏味的九九乘法表；甘心在晚餐桌前，皺著眉頭，吃那可恨的胡蘿蔔；甚至，甘心帶著礙手礙腳的妹妹，去和男生玩「過五關」。

糖果的芬芳，甜蜜的滋味，是那樣充滿了魅力，叫一個單純的小女孩，無從抗拒也根本不想抗拒；因此，玻璃罐裡，那或大或小，或圓或方，或透明或夾心的七彩顆粒，竟成了我早年生命中，最大的愛戀與誘惑。

不只光瑩瑩的糖，就是糖果紙——大人隨手一揉，便可扔進垃圾筒去的東西，我竟也能充滿「愛屋及烏」的感情。一張一張，脆薄廉價的玻璃紙，全都像寶貝似地留下來，夾進媽媽的牛津大辭典裡珍藏，隔了一段時日，再小心翼翼取出，帶到學校，向同學炫耀。有時，日影稀薄的午後，一個人在綠紗窗前，支頤獨坐，忽然湧起淡淡的寂寥，便會自矮凳上翻爬下來，探身至床下取出百寶盒，把那一張張有顏色的糖果紙，自盒中請出，覆貼在眼睫上，認眞地去看生活中已經熟悉的世界，被染成深深的棗紅，艷艷的橙黃、陰陰的墨藍，或清清的蘋果綠——淺淺窄窄的心裡，竟也常因這不入流的自我消遣，充滿許多稚拙的歡樂與驚喜。

通常，爲了怕爬螞蟻和招蒼蠅（媽媽說的），裝糖果的玻璃罐，都和金雞餅乾、聖誕老人牌麥片，還有妹妹的克寧奶粉，高放在廚房的木架之上。那個禁區，是搬椅子也搆不著的地方，因此，你只能死了心，抱著「望梅止渴」的態度，安靜地仰望它，做許多甜津津的白日夢。那種不能隨心所欲、伸手去取的遺憾，倒也不曾在心底投下任何陰影，反而只爲什麼都不虞匱乏的童年生活，增添了一點浪漫的欠缺之美罷了。

記憶中，家裡那只長圓形的糖果罐，原是香港的叔叔送來的禮品，裡面裝著英國製的什錦太妃糖，包裝非常講究；罐上，本來還貼著一張彩色圖片，畫的是維多利亞時期，幾個女人在宮廷花園散步的情景——綠蔭覆地的春日花園裡，幾個矜持端莊的淑女和貴婦，穿著華麗多褶的長裙，正輕聲談笑著；優雅動人的裙褶，隨著她們纖細的身材，十分柔軟地垂下來；握住長柄碎花小傘的手腕，則緊匝著細密考究的窄口荷葉邊。畫的另一端，是幾株繁密清蒼的古樹，樹下，靜靜懸垂一隻空盪無人的鞦韆……由於愛吃軟馥馥的什錦太妃，所以畫上每一個細節，都記得非常清楚。後來，這張圖片，不知被什麼人撕去，卻又沒能揭除乾淨，罐上便一直留下殘餘的白紙痕跡，像一幅難看而不規則的剪貼，使我對原先的畫片懷念了許久，不過，那也無損我對罐中內容物的喜愛就是了。

因爲，晶亮的玻璃罐裡，設想周到的媽媽，似乎就從來沒有讓它空乏過；任何時候，只要我一抬頭，那裡面總隱隱約約地隱藏著我所愛的東西——有時，是五顏六色的水果糖；有時，是奶油色的白脫；有時，是阿姨送來的巧克力球；有時，則是類如一根根小型鼓槌的棒棒糖；有時，是中間包著一粒小青梅的夾心糖；有時又是密密地遍布著黑白芝蔴的交切片。升上小學二年級以後，上了「健康教育」一科，把老師的話，當成必須嚴謹奉行的金科玉律，於是，出現在玻璃罐裡的，便是那一顆顆如藥丸的健素糖，和土黃色的酵母了。

爲了愛吃糖，我很早就學會刷牙；爲了愛吃糖，我樂於在水龍頭下，用肥皂把髒兮兮的兩隻小手，洗得乾乾淨淨；而爲了愛吃糖，我總是歡歡喜喜、開開心心地笑著，笑這世界，有許多甜蜜、許多芬芳、許多色彩——童年時代的生活，彷彿就是由永無休止的遊戲、有插圖的童話故事書、南台灣金燦燦的陽光、和玻璃罐裡，那不時變換的糖果所共同組合而成的。如果沒有甜蜜的滋味，我常想，童年的幸福、人生的樂趣、世界的繽紛，恐怕都要減少許多吧？

然而，已經有很長一段時間，我卻沒有再吃過一顆糖了。往日細細咀嚼、舔舐嘴脣的天眞，已化而爲如今只靜觀包裝、卻絕不品嘗的澹然。這裡面，並沒有「看山是山，看水是水」的玄機在，只不過由於健康因素，使我對糖——醫生口中所謂的「一無用處的熱量」，不得不痛予割愛罷了。當然，那樣的不動心，是下了很大的決心，用了極堅強的意志力量，經過多次失敗以後，才完全做到的。

不過，每次到超級市場購物，我仍然喜歡在擺著各色糖果的攤架前流連，彷彿看見那琳瑯滿目、閃閃發亮的包裝，便是與睽隔已久的故友重逢似的，心底充滿無比喜悅。我想，我是無法不愛糖的；一顆小巧鮮明的果粒，是那樣具體地濃縮著幸福的滋味——對於幸福，人間可還有其他更玲瓏微妙的解釋？

從早期美好的童年，回溯至生命中第一口微溫、豐沛而營養的汁水，我常訝然感激地發現，這一段在安定中倍受庇蔭的歷程，竟無一不是或濃或淡的甘醇！

因此，人生雖然五味雜陳，有時，甚且只有辛酸苦澀，籠罩全局；但，我仍對那點點滴滴，滲入生活中的光明與愛意，獨具信心，只因爲，甜蜜，乃是我——一個蒙天地之愛、家國之愛、父母之愛而安享童年的女孩——對人生、對這個世界的最初印象。

——七十一年二月十九日《中華副刊》

童年・夏日・棉花糖

碧葉扶疏的深巷底，有一棵古老巨大的鳳凰木。

童年時候，每逢初夏，當人家院牆角落的幾株向日葵，像一輪輪金黃的圓盤，粲粲然綻開時，那賣棉花糖的老人，便也開始自得其樂地在樹下，標售起一朵一朵蓬鬆若雲的棉花糖了。

那眞是最輕鬆美好的夏日景象之一。

一根一根新鮮潔白的棉花糖，不，一朵一朵柔軟甜蜜的祥雲，不徘徊在山巓，不流浪在天上，卻只眷戀不捨地停駐在人間，停駐在巷底，停駐在每一個快樂的男孩女孩的手中，爲草樹掩映的尋常巷陌，增添了幾分生動的童話氣息；於是，賣棉花糖的老者，便成了捕雲、網雲、巧手織雲的人了。

是的，織雲的人！

但他不用飛梭，不用紡車，也不去織出整齊的經緯，或細密的圖案；他只是以一小銅勺雪白晶瑩的砂糖粒，緩緩倒入製糖機器中央那神祕的黑洞裡，然後加熱、旋轉、攪拌。於是，一顆顆透明細小的粒子，便被抽成纖纖裊裊、若有若無的糖絲。同時，也開始在細細的木棒上，糾結聚集成另一種美好的形狀了。

面對那樣神奇速成的立體編塑，那樣一縷一縷剪裁合度的白雲，你必然會同意，做棉花糖，實在是一種詩意盎然的袖珍手工業，是可愛的街頭藝術，但也是饒富喜劇效果的魔術。

其實，做棉花糖的機器，出人意料地簡單。一塊長形呈帶狀的鋁薄片，圍繞成古羅馬劇場的形狀，再加上透明的防風玻璃板，和必要的零件，一座被安置在腳踏車後座的小型流動工廠，就算是配備齊全了。

也許，沒有一個孩子不愛雲，沒有一顆童心，是不對雲影充滿好奇與幻想的吧？因此，清寂的午後，或晴朗的早晨，當賣棉花糖的老人，閒閒地騎著腳踏車進入巷口，手裡的響鈴一搖，沙啞的嗓音一揚：

「賣，棉花糖喲——」

成群的孩子，便著了魔似地，紛紛推開自家紗門衝出，緊跟在老人身後，喜孜孜地簇擁著他，像簇擁一位君王，直把他送到巷底那涼涼翠翠的鳳凰樹下爲止。

那只屬於市井閭巷的生活畫面，簡直就是童話裡〈斑衣吹笛人〉故事的翻版，在初夏的微風中，充滿了天眞的諧趣。

曾經，我也是手捧棉花糖，一任陽光輕輕灑在雙頰上的女孩；鬆鬆的棉花，甜津津的棉花，入口即化的那種感覺猶在舌間。但二十年光陰竟悄然飛逝，屬於棉花糖、屬於蝴蝶結、屬於雀斑的童年，已成永恆的過去。

當然，生命本應前瞻，尤其夏日晴艷熱烈的陽光之下，我們更無感傷的權利。然而，在充滿亂象與噪音的現代都會裡，當發財小客車充塞於途、當麥克風單調而充滿侵略性的廣告說詞，已織成一面無形的天羅地網，令人無可遁逃之際，那賣棉花糖的老者，在鳳凰樹下所透露出的一片閒情，就格外令人發思古之幽情了。

無論時代怎樣變遷，但願那織雲的巧手，永遠都不要自人間絕跡吧！因爲，幸福的童年，並不等於公寓裡的彩色電視。它需要關愛，需要戶外的陽光、需要美麗的童話，同時，還需要棉花糖之類有趣、浪漫的事物，來充實點綴。

如果，童年的回憶，是一塊如晴空一樣伸展開來的畫布，但願在那安恬如夢的世界裡，當我們回顧，那兒永遠有悠然甜蜜的白雲，揚帆而過。

——七十一年五月二十六日《中央副刊》

花城四年

十七歲到二十一歲，這是不耐時光淘洗的一段日子，但卻是人生中最美好燦爛的時段之一。

許多人在這絕無僅有的四年裡，由不更事的少年，成長爲有分寸的大人；許多人，決定了自己未來的方向，做了一生最重要的選擇；而許多人——尤其是在台灣土生土長的這一代——在這四年裡讀了大學。

我常覺得，大學之門好像是海洋裡一隻巨鯨的口，溫暖而安全；每年夏天，它總吸入許多來自各地的莘莘學子，給予不動聲色的潛移默化；然後，在一定的時間之後，又再度把他們放入茫茫人海之中，任他們縱一葦所如，凌萬頃茫然——四年，不算長也不算短的日子，不幼稚但也不成熟的階段，再出來時，任誰都不復當年面貌了。

至於我，在大學生涯中，晴過，雨過；愛過，被愛過；快樂過，煩惱過；得到了一些，也曾失去了一些。因此，如果照傑克倫敦的說法——

> 不管生活得愉快或是艱辛，生命之愛將超越一切而長留；在骰子賭注中，我雖然輸卻了黃金，但卻贏得了等值的「輸的經驗」。

來看，那麼，我仍然慶幸，這人生中最珍貴的四年，我不曾白走一遭。

杜鵑花城是台大的別名，這裡是一座莊嚴而又帶有幾分浪漫氣息的學府。當初花城的雅稱不知是誰取的，但台大校園裡遍植杜鵑卻是事實。每到春來，先是一朵兩朵早開的杜鵑，羞羞怯怯地躲在綠葉叢中，不敢聲張，繼則像野火燎原一般，滿校園的花都盛開了，形成一片色彩的汪洋。臂彎裡抱著書，從容地走在椰林大道上，很少有人不覺得幸福的。

在南台灣那個樸實保守的小市鎮蟄居了十七年的我，初入大學之門，便彷彿一尾玻璃缸中的魚，被放進大海一樣，有幾分喜悅，但也頗有幾分不知所措的昏眩在；於是，「適應環境」、「學習獨立」遂成爲我在新鮮人階段中必修的學分了。

大學四年，我一直住在學校的宿舍裡。由於每一個住宿生都來自不同的家庭、不同的背景，甚至不同的國度，而彼此的思想、觀念和習性又都有或多或少的差異，因此單純的學生宿舍，實際上卻是一個具體而微的小社會，也有其極不單純的一面。在這裡，我曾經見識到各式各樣的人，有些人還有著異乎尋常的怪癖，令人啼笑皆非卻又無可奈何。因此，如何與人相處、如何包容別人而又不抹煞自己的存在，又成爲我在眾多課業之外的一個重要課題了。

不過，幸運的是，大學四年，和我相處過的每一位室友，大都有其令人懷念的可愛處。許多新鮮逗趣的話題，都曾在那凌亂而親切的小空間裡，帶起一次又一次的笑聲；許多充滿人情味的小故事，直到今天，也還讓我在想起它們時，自心頭湧起一陣又一陣的溫暖。當然，不能忘記的是，冬天晚上，冒著霏霏細雨，衝到校門外喝一碗熱氣蒸騰的花生湯、或是吃一碟還嗞嗞作響的臭豆腐的情景。尤其是淡月疏星的夏夜，全寢室的人，熄了燈，齊集在宿舍草坪上，或沉思、或看星星、或彈

吉他、或促膝長談，那份悠閒與純眞，總讓人在不知不覺中要聯想起拜倫的名句來

不要向我們述説故事中偉大人物的故事，當我們年輕的時候，便是我們光榮的日子。

也許，年輕眞是這樣一種太美好的感覺吧！因此，似乎很少有人能眞正老僧入定般地天天上圖書館看書。愛情、社團活動，赴「東南亞」看廉價的二輪名片，似乎成了大部分的人在課堂之外的生活主調；只有在考試前後，圖書館內才形成空前的爆滿，到處是看書、寫報告的人。

其實，圖書館是大學裡學問知識的水庫，它的功能在穩定地供應源源不絕的智慧，而不是在提供一個讀書的場地。然而，即使堅持在周一到周五都上圖書館，只有在周末或星期假日才去郊遊看電影的我，對於圖書館的利用，也僅限於整理筆記、準備考試、溫書和寫信寫日記而已，有著極大的偏差。現在想想當年情景，眞

覺得自己手中雖握有一把開啓閘門的鑰匙，卻不太懂得去發揮它的價值。

另外，在課業上，和大多數沉默寡言的學生一樣，我也犯了只一味聽講、抄筆記，而未能舉手發問或深入思考，或主動地多和老師接近，多去參考一些相關的課外書籍的毛病，實在有點遺憾。

記得大一時，曾讀過一篇英文散文：「假如我再度成爲新鮮人，我將……」（If I were a freshman again, I'll……）。文章中，作者以不勝感慨的口吻強調，如果時光能倒流，他能再擁有一次大學生活的話，那麼他將好好把握光陰，預做各種妥善的安排和計畫，絕不讓這四年的時光，再匆匆地、白白地流走。

這篇文章往往令很多已經大學畢業或即將踏出校門的準畢業生，產生「心有戚戚焉」的共鳴；然而時光畢竟已經過去，是怎麼追也追不回來了，即使重新報名參加聯考，再從頭來過，整個心境也大不相同。大學生活之可貴，便在於整個人生中僅有一度，所以格外值得珍惜。

如今，我回想自己的大學生活，雖然那也不過是幾年前的舊事，但細思之下，仍不免千頭萬緒，百感交集。對我而言，這四年的時光，是生命中一個非常重要的轉捩點，雖然，在知識學問的領域中，我未曾汲取十分豐碩的收穫，但透過摸索、判斷、學習，我卻從生活本身得到了太多東西。花城四年，我追尋到了一分完整圓滿的愛情，學會了獨立自處，視野拓展了、胸襟開闊了、思想成熟了；玻璃缸中的游魚，終於在認識潮汐的起落變化之後，開始懂得去欣賞海洋波瀾的壯麗了。

我從來不說：「如果我還是個新鮮人，我將……。」並不是因爲花城四年的生活完美無缺，而是我更深切希望自己能在往後的歲月中，多讀些書，去擁有更豐富、更高層次的精神生活；更何況沒有過去的錯誤和遺憾做指標，又如何能端正未來的行路方向？我不願時光倒流，我只願意在一連串即將湧至的每一梯次的四年裡，都比花城四年來得充實。

最後，就算是畫蛇添足吧！我願以自己四年大學生活所提煉出的經驗，告訴那些還在求學階段的大學生：要多和老師接近，向他們多方請益；要充分利用圖書館；要隨時自律；如果有錢，要拿來買書；如果有書，不要當成架上的裝飾。總之，大學生活的得失成敗，並沒有一定的衡量標準，但如果整天只是有課時上課，無課時渾渾噩噩，沒有可以追求的目標或缺乏追求的熱情，那麼四年光陰便將如急急流走的河水，徒令岸邊的人頓足嘆息而已。

——六十九年三月十二日《中華副刊》

卷四

記憶裡的一顆明珠

記憶裡的一顆明珠

——朋友的愛

仲夏夜晚，當屋外野蛙閣閣地鳴唱著，宏亮的聲音穿透碧綠的紗窗而來，我常會不由自主地想起童年時期，那段溫暖素淨的情誼。在人際關係日益複雜的社會裡，那樣一則不攙雜任何渣滓的記憶，已成爲一顆晶瑩剔亮的珠子，永遠在歲月的長河裡閃閃生輝了。

依稀記得是七歲那年，父親因工作關係，遷調至南台灣一個偏遠但卻淳樸的小村鎮任職。

當那輛敞篷的十輪大卡車，帶著全家人和所有家當，開始在顛簸的鄉道上奔馳時，我曾凝視窗外忽忽而過的原野出神，想像著自己正在進行生活中一次華麗而有趣的旅遊，內心漲滿了興奮和好奇。

然而，那樣的旅遊，沒有野餐，並且是不再回頭、不再回到過去的那個舊家的——旅遊的終點，便是新家所在，一切都沒有選擇或改變的餘地。因此，當所有的新鮮感消褪，母親辦妥轉學手續以後，對舊日所曾熟悉的一切，我忽然有著無限懷念。

其實，一個天眞無知的七歲小女孩，究竟能產生什麼樣的戀舊情懷呢？她之所以依戀過去，只不過因爲在一個全然陌生的環境裡，新秩序還未建立起來，她感到孤獨，並且缺乏安全感與自信罷了。

新學校坐落在一座小山正前方，山上滿是結實纍纍的芒果和荔枝，學校附近有一大片屬於糖廠的蔗田，一灣清澈的小溪就打從山下緩緩流過。

在學校裡，儘管那個溫和親切、有著一張娃娃臉的老師，再三提醒班上同學，要特別愛護並且照顧這樣一位來自遠方都市裡的新朋友，大家要玩在一起，「像個快樂融洽的大家庭」，她說。

可是，對於一群不滿十歲的鄉下兒童而言，他們如何能了解「大家庭」的意義究竟是什麼呢？每當下課鈴聲一響，三十幾個赤足的小蘿蔔頭一聲呼嘯，衝出教室以後，大家便自顧自地在操場上玩起跳房子、捉迷藏、老鷹抓小雞的遊戲了。至於那位從遠方來、梳著兩根累贅長辮子的小女生，既然沒人搭理，好強敏感的她，也只好躲在鳳凰樹細碎的濃蔭下，以羨慕的眼光，看別人興高采烈地沉醉在遊戲的天地中了。

那時，江成貴是班長，據說，家境清苦的他，一向都是最能幹懂事的；在眾多同學中，也許只有他注意到那個躲在樹下被遺忘的小女生，並且洞悉她的心態吧！因此，在一次玩「過五關」的遊戲裡，他竟然主動跑來要小女生加入。

幾個玩得正起勁的男生，都極不情願地一致抗議：

「不要！不要！她又不會跑，一定會輸掉啦！」在他們眼裡，女生通常都是笨拙的，而城市來的女生更笨。

「可是老師說我們要照顧她。」江成貴煞有介事地說，並且以班長的威嚴警告：「──不然，我去報告老師。」

調皮的小男生儘管還是不願意，不過大概想起老師手裡的籐條，也只好勉強接受了。

那一次刺激而有趣的「過五關」，終於打開了同學和我之間一道無形的隔膜。大大太陽底下，我玩得滿身是汗，整個臉蛋曬得紅撲撲地，疲累極了，可也開心極了。畢竟，那樣興奮地笑著、鬧著、瘋著、追逐著的舒暢快樂，是我從來不曾有過的經驗。於是，像一朵緊緊密合的花苞，忽然張開所有的瓣片，迎接清風和露水一樣，我開始接受新環境裡的一切，開始喜歡新的玩伴，喜歡這個教室簡陋、沒有圍牆的小學校，並且也喜歡那種脫光鞋襪，在溫熱的沙地上蹦跳嬉戲的鄉間生活了。

孤獨害羞的小女生，終於在一隻溫暖小手的牽引下，從眷戀舊日世界的情緒中走出，開始在亮麗的陽光裡，健康地生活著了。

然而，一個來自都市的小女孩，儘管她在鄉間的日子，可以玩得很開心，但仍難免有許多生活上的細節需要去適應、去學習。在學校裡，即使她的學科成績可以成爲全班之冠，可是術科的表現卻往往顯得遲緩而無能。

比方說，同樣是勞作課，同學都能夠熟練快速地拿黏土捻出各種生動的形象來。似乎只有我，不是水加得太多、泥和得太稀，捏不成形狀；就是所挑的黏土太乾太硬，缺少可塑性，完成的作品隔不了許久就龜裂了。

另外，在自然課上，講到豆類的生長時，老師要每一個同學都在教室後面的苗圃裡，栽下一株豌豆，觀察它的成長。往往同學的種子下土幾天以後，都能冒出鮮綠可愛的幼苗，迎風招展著枝葉，只有我的那方園地一片沉寂，毫無生機。

挫折感一次又一次襲擊著才七歲的稚嫩心靈，日子在失敗中，竟也顯得有些黯淡起來。

可是，熱心的江成貴跑來告訴我，是我挑的黏土不夠好，只有後山靠近墳地一帶又黃又溼的黏土，才最能做出各種有趣的東西；他並且耐心地示範，搓黏土的水該怎麼小心地慢慢添加？什麼情況下適時地吐上一口唾液，會造成什麼樣的效果？還有柔軟的黏土放在掌心裡，該怎麼揉、搓、捏，才算是用力恰到好處？

他並且重新替我換上豌豆種子，教我把泥土耙鬆耙細，告訴我不要在正午灑水，以免蒸氣把種子悶死了；也不要灑太多水，以免種子被水淹爛了。……當我苗圃裡的豌豆苗，竟也和同學的一樣，開出美麗的紫色蝶形花朵時，我快樂得像是擁有了全世界所有的財富。

在南部鄉間的那兩年時光，就是由於江成貴那一份發乎童心，不帶功利色彩的關懷與照顧，我學會了騎腳踏車，學會了堆小土窰烤蕃薯，學會了爬樹、游泳、粘知了、到淺溪裡去抓魚蝦、釣田雞……凡是一個鄉村小孩所會的玩意、所能享受到的大自然的野趣，我全會了，也全享受到了。

因此，在那個陽光特別耀眼的小村鎮裡，生命中那短暫但卻特別豐實的兩年，對我來說，格外重要。

那不僅因爲一顆飛揚的童心，曾經在廣闊無邊的田野上，得到最活潑愉快的發展和學習；更因爲懵懂無知的女孩也漸漸體會出，在生活中，朋友實在是可愛的。沒有他們的提攜，你只能在孤獨封閉的世界裡，不快樂地活著，一旦走入他們的天地，所有景觀都將明朗充盈起來；而眞誠主動地伸出友誼之手，又該具有如何溫暖積極的意義啊？

離開小鎮已近二十年了，童年的一切都成過去，舊日的玩伴雖早已失去聯繫，但我永遠不會忘記，在南方那個向陽小鎮，我曾怎樣接受一份純淨的情誼？怎樣自陰影中，走到陽光下的世界來，並且順利走過童年中最燦爛的一段？——在生命中，那兩年溫馨而生機蓬勃的時光，實在是記憶裡一顆閃閃生輝的明珠。

——六十九年九月六日《中國時報·人間副刊》

昔我往矣，楊柳依依

——同胞的愛

父母親年輕的那個時代，正是烽火漫天的時代。流離，寫在每一個中國人的生命裡；掙扎著求生存，並且掙扎著在彼此的苦難中，互相安慰，互相擁抱，也是生活中的一部分。

在那樣一長串背井離鄉，無家可歸的顛沛之中，年長的一輩，都曾是歷劫的亂世兒女。他們從北伐、抗戰、剿匪，從斷瓦頹壁、干戈之後寥落的田園，從一部活生生的中國現代史裡走出來。

幾近四分之一個世紀的羈旅生涯，是一段憂傷屈辱，但也間雜著些許溫暖的生命歷程。

那些飽受創傷的心靈，雖曾不幸見證了戰禍的殘酷，但也體識出患難中甘苦與共人性的可貴；疲憊的雙目，雖曾驚痛於時難年荒的殘敗景象，但感慨萬千之餘，仍不免因那一個悲劇世代中刻骨銘心的深刻記憶，而自眼底閃出幾許柔光。……

父親便常喜歡向我們述說他少年時代，自淪陷區潛逃至後方的故事。

其實，事隔多年，島上悠悠三十載承平，當年冒死逃生的驚恐經驗，既已消逝在生命彼端，他是有權利遺忘過去的。但父親卻常喜歡反芻那段往事，只因爲渾沌的惡夢之中，有太多清晰可感的生命印象，被完整地保存下來，且被供奉在心靈一角最神聖穩妥的殿堂，他永遠不能忘記，也不想忘記。而所有記憶環繞的核心，卻是一個他既不知道名字、甚至面容也逐漸模糊起來的陌生朋友。

事情發生在民國二十六年。

那年七月初，北平志成中學已依往例開始放暑假了。

故都的盛夏，每一個日子都充滿麗日中天的景象。紫禁城內黃瓦的釉彩，閃閃生輝；棋盤式的街道，平靜方整一如往日；城外馬路兩側的垂楊，碧蔭深濃，蟬鳴不已；而蘆溝橋下的永定河，也依然平靜無波地緩緩流著——這一個夏天，原也是一串安靜無異於其他季節的日子。

那時，父親是志成中學高一的學生，獨自負笈在外，住在西單牌樓附近的小口袋胡同裡，老家則遠在長江中游的漢口。

對一個家境清寒，沒有盤纏的窮學生來說，返鄉度假，是一樁奢侈的夢想，而獨留北平，排遣光陰，卻是他唯一能做的選擇。

因此，那年夏天，屬於一個十七歲少年的日子，本是平淡而有秩序地往前推移的，原以為整個假期都將如此靜態，可以任他好好安排，去琉璃廠的書坊、去西山、去北海中南海公園，消磨一整個長夏。卻不料所有愜意的計畫還未開始，就被蘆溝橋上幾聲轟然巨響，擊得粉碎。

如洗的碧空下，一向風景如畫的街市，在瞬間就蒙上一層陰影。路上行人的步履不再悠閒，提著籠子架著鳥的公子哥兒也自街頭絕跡，許多商店紛紛關門大吉。而且短短數天內，更有好些學生，莫名其妙地竟以「便衣隊」的罪名，被日軍逮走，並且一去之後，不再有任何下文。

志成中學立刻向少數幾個仍留校的學生提出忠告，勸他們離開已經不再安寧的北平。

父親是決定這麼做的；可是，路費無著，一個單薄的十七歲少年，能隻身走向何處？

想不到，這一觀望一拖延，再猛然醒覺時，已是八月下旬了。北平天津早已相繼淪陷。穿黃呢制服、踩著大皮靴、談笑粗魯的鬼子，忽然間竟滿街都是；各通衢要道也布滿了崗哨，隨時搜查、盤問來往的行人。在這樣日益緊張的氛圍裡，毫無憑藉的少年，想衝破重重嚴密封鎖，逃到安全地區，似是無望了。

八月杪的一個清晨，在沮喪和百無聊賴中，父親偶然出門，竟遇見了同班同學方蓉生和他的表兄張先生。

張先生是一位年輕精明的商人，奉了他母親之命，特地到險象環生的淪陷區，來接他表弟前往濟南。

亂世中，故友相逢，似也無太多把臂言歡的喜悅。當父親苦笑著說起他仍滯留北平的原因時，素昧平生但卻豪爽熱心的張先生竟主動表示，要帶父親一塊兒走，金錢和安全方面的問題，完全由他負責。

「在家靠父母，出外靠朋友，這時節，還待在鬼子的刺刀尖下，太危險啦！」

於是，經驗豐富的張先生，首先教父親和方蓉生，摘除近視眼鏡，把整齊漂亮的學生頭剃掉，露出一個光溜溜的腦袋，喬裝成土氣十足的普通老百姓。又教他們在光禿的頭皮上，塗以黏稠的溼泥，天天站在烈日下炙烤，務期消除剛剃髮的青澀痕跡。

等一切就緒，張先生又再三叮嚀他們，要忘卻自己的學生身分，無論走到何處，言行舉止都不能暴露出任何一點屬於知識分子的斯文。因爲，在日本憲兵隊無理而殘酷的搜捕任務中，便衣隊、知識分子、軍人和警察，都是被拘禁殺害的目標。

八月的最後一天，這一行三人，終於動身了。

張先生的計畫是，先由北平至天津，再由天津搭船出渤海赴山東。

臨行前，父親將一些照片和心愛的物件，埋藏在地下，希望有一天能再回來認取。

另外，爲了安全起見，他只在那只陳舊的帆布箱子裡，塞進一條薄棉被和一把月琴，其他所有的書報雜誌，甚至連一本小小的拍紙簿，都未曾隨身攜帶。

據說在平日，從北平坐火車至天津，只需兩小時左右的車程。但是那段擾攘不安的日子裡，逃難的旅客特別多，火車沿途又需聽任載運「皇軍」的列車優先通過，因此，父親一行離開北平的那天，車子在早晨出發，一路顛簸晃盪了八小時之久，到達天津時，卻已是黃昏時分了。

而天津火車站裡，警衛森嚴，上了刺刀的日本憲兵，布下了重重關卡。那擦得雪亮的白刃，襯著夕陽餘暉，反射出血紅的寒光，讓人看了先自產生幾分畏懼。再加上好幾位乘客，列隊通過檢查時，不知爲什麼地被拉到一旁押走，任你哭天搶地、跪倒求饒，頂多也只是換來鬼子一陣鄙夷的獰笑而已。因此，小小的一座天津車站，倒眞使人覺得，那竟是生死交界的可怖地帶了。

有驚無險地走出天津車站後，張先生和專做投機生意的商人接洽，以三人六塊銀元的代價（當時普通人一個月的伙食費，約一塊半銀元，即綽綽有餘）找來一輛插有日本紅膏藥旗的車子，帶著父親和方蓉生，安全地進入天津法租界，並且住進了氣派最豪華，但房價也最昂貴的六國飯店。——因爲法租界裡，逃離的中國人觸目皆是，稍廉的旅館飯店均告客滿，除了六國飯店外，已別無容身之處。

六國飯店不遠，即是天津有名的苟不理包子所在。店門外，總有十來個手腳俐落的伙計，圍著一張寬敞的大桌，擀皮包餡。那兒的吃食，物美價廉，一角錢可以購得數十個熱氣蒸騰、剛出籠的白胖包子。另外，每張餐桌上另有五香疙瘩菜、辣椒末和綠豆稀飯，聽由顧客享用。

在六國飯店等候船票離開天津的那幾天裡，張先生餐餐都帶著父親他們，到苟不理去大快朵頤；那是整個逃難過程中，最輕鬆也最有滋味的一段了。

然而，枯候船票的日子裡，等待的心情卻仍是焦灼的。

九月初一個深夜，期盼已久的船票終於送來了。

沉睡中，父親被張先生喚醒，迷迷糊糊地在沁涼如水的夜色裡，趕赴碼頭登船。

那是一艘僞裝成商船，實則專以高價做難民生意的小客輪。張先生所購得的鋪位，在船頭的艙底。那兒狹窄悶熱，卻隱蔽安全，本是三五水手歇息之處，但爲了逃難，小小一塊不見天日的地方，卻擠下了十七、八人之多，空氣之壞，可以想見。

而登船之後，船主仍繼續和鬼子在交涉之中，因此，所有旅客從深夜一直苦候至黎明，才感覺到船身的移動——終於離開天津了。

這是整個逃向安全地區的過程中，最後但也最危險的一段。

船至大沽口時，依例停下來接受檢查。艙底的人，十分清晰地聽見有小汽船鼓動水波，由遠而近。

接著，有人登船。甲板上立時大刺刺地響起皮靴踏地的重濁聲音，和急促刺耳的日本語。

而在短暫的沉寂之後，幾聲尖銳的慘叫，忽然在耳畔爆開，接著是「撲通」、「撲通」一連串的脆響，還夾雜著水花濺起的聲音，彷彿有什麼沉重的物體被拋下水去。

艙底的十七八個人，個個額冒冷汗，你看我，我看你，一句話也不敢說，只覺得死亡就在附近打轉。

這時，一個大約三歲左右的女孩，忽然向緊抱著她的女人說：「媽，我要窩……」

做母親的，拿了一個小小的便盆給她。

臉色蒼黃的小女孩搖搖頭，有氣無力地指著自己的嘴巴又說：「是這裡要窩！」

說著，喉頭抽搐了幾下，似乎馬上就要嘔出來了。

艙底，人人都緊張起來，連連搖手表示在此緊要關頭，不能發出任何聲音，引得鬼子下來搜查。甚至還有人目露殺機，幾乎就要撲過去，用雙手勒斃小女孩。

做母親的，驚恐萬分，卻又不知如何是好。

最後，還是張先生當機立斷，從行囊中取出一條小毛毯，抱起女孩，緊捂住她的嘴，讓她的聲音，連同吐出來的東西，一併包在密實的毛毯裡，才解決了這個危險緊張的局面。

許久之後，當甲板上逐漸安靜下來，小汽船的馬達聲再度響起，由近而遠，逐漸消失，船又重新啓碇移動，艙底的人才終於鬆了一口氣。

當天下午，當船在廣闊無際的渤海海面上鼓浪而行，乾爽的海風，送來新鮮自由的空氣時，艙底的人才登上甲板來舒展四肢。甲板上盡是一灘灘半凝固的血跡，凌亂且令人心驚。和船主談起早上日軍搜船的情況，才曉得這一板之隔，實際上也就是生死之隔。

甲板上十來個年輕的乘客，都是被鬼子以刺刀一捅、刀尖一挑，丟到海裡去了的。而日本憲兵殺人的理由，只因爲有好幾個人帶了報紙，被認爲是知識分子；也有人一見「皇軍」便紛紛起立，因此被當成是訓練有素的軍人。……

聽了船主的一番話，父親默默不語，眞不知該爲這些無辜冤死的人悲哀？還是爲自己能從鬼子刺刀下鑽出來而感到慶幸？

船過渤海，到達安全地區的煙台時，岸上盡是當地學生所懸起的「歡迎平津流亡學生」的標語。

經過一個禮拜以來提心吊膽的逃亡生涯，當父親遠遠見那紅底白字、照人眼明的巨型橫幅時，忍不住也眼熱起來。

多日來的委屈驚恐，此刻在心底忽然翻湧成欣喜激動與無盡的感恩，他知道，因著張先生的善意和關懷、因著那雙帶他脫離危難的大手，亂世裡，一個無所依恃的十七歲少年的命運，整個地改觀了。

在煙台，接受當地學生會贈送的兩塊銀元，以及一頓麥仁稀飯、黃麵饅頭的招待後，父親和張先生以及方蓉生到了濟南，便匆匆分道揚鑣了。

分手之際，雖已是秋涼時節，但風光瀟灑一似江南的濟南城內，依然是楊柳依依的景致。張先生自懷中取出一袋溫熱的銀元，交到父親手中，叮嚀祝福了一番，便微笑著轉身離去……

爾後，父親聽說國立四中在西安正式成立，專門收容流亡學生，便先沿津浦路至徐州，再自徐州轉由隴海鐵路走西安，開始了他多災多難，但也多采多姿的流亡學生生涯。

曾經，在梳著兩條辮子的童年，我以一種好奇好玩的心情，一面舔著棒棒糖，一面安靜地聽父親說起這段往事。那時，吸引我的，不是故事本身，而是那種能撒嬌地傾聽父親說故事、甜蜜如棒棒糖一樣的幸福。

年歲漸長，當我開始以較理性的眼光去看世間萬物，我終於了解父親不斷述說它的原因。

在那個已成過去，但卻永不褪色的故事裡，不僅包含著一份幸運、一段珍貴的機緣，並且洋溢著一種超乎親情和友誼的溫馨情感。

我尤其喜歡故事最後那平淡雋永的結局，以至於每當父親回首這段往事時，我眼前隨之浮現的，便也是那清蔭匝地、漫天柳條的溫柔景象；而在那樣的背景裡，張先生的背影，漸行漸遠……

——六十九年六月十三日《中國時報·人間副刊》

桃李春風

——師生的愛

一、良師興國

陽光下，我再次走進那樸素的校園。

老校工親切地向我打著招呼，我朝他笑了笑，然後抬起頭，那幾個黃銅鑄成的大字：「良師興國」，鑲嵌在紅樓之上，又再次躍入眼簾。

我十分鄭重地把它們在心底默念一次，同時，在沉思中，橫過那片橢圓形的紅土操場，朝教室走去，準備開始今天的課程。

這是一所以培育師資爲主要目標的學校，在校的學生，將來都要步上講台，去從事春風化雨的神聖工作。今天，他們雖是稚氣未脫、充滿好奇的學生；但明日，卻將成爲背負黑板、任重道遠的年輕教師。「良師興國」四個大字，鑲嵌在學校古老建築——紅樓——的正中，固是對這些「明日之師」的勉勵，但仔細尋思之下，這涵意深遠、可以置諸案頭，成爲座右銘的一句話，又何嘗不是已爲人師者，對自己所應有的期許與抱負？

因此，當我第一次發現它們時，那幾個靜默端莊的字體，便彷彿暮鼓晨鐘，在我心底發出最清亮有力的聲音；我感覺到它們對我所產生的震撼與影響，遠超過多年來所修習的教育學分。

面對那四個閃閃生輝的大字，作爲一個教師，我忽然感到肩上責任的重大；同時，也感到自己所從事的這份工作，何等光榮，何等神聖，又何等艱鉅！

因爲，社會上有多少辛苦工作的父母，是把他們最鍾愛的兒女，交到你的手中，殷殷企盼你把他們琢磨成器？而教室裡，講台下，又有多少學生，是以他們絕對信任的眼光，渴望你爲他們傳道授業解惑，讓他們成爲一個懂得生活、熱愛世界的人？

對於每一位受教的學生，你總是那麼深深希望，當他們步出校門的時候，能有一張紅潤健康的臉孔，一雙清澈明亮的眼神，一片寬廣正直的額頭，還有滿懷愛國愛人的情操。你並且希望他們，對於是非，能有最正確睿智的判斷；對於工作，有最負責敬業的態度；對於眞理，有勇於追求的執著；而對於人生，有堅定不移的自信。

爲了這些，你必須不斷付出，不斷透支時間精力與心血；你知道，唯有在你面對學生和面對自己，都俯仰無愧時，你才能獲得眞正的心安與快樂。

人說，教育是一種良心事業，良師可以興國，誰說不是呢？

所以，每次走進校園，默念那四個字，已成了我的習慣，也幾乎成了我上課前的一項儀式；這正如虔誠的宗教家庭，在享受滿桌美食之前，必先低頭祈禱一樣。我相信，簡短的禱詞，可以淨化人的情緒，使人產生莊嚴愼重的態度，去面對自己所將從事的工作或活動；即使那只是吃飯穿衣的生活細節而已。

而良師興國！那是多麼美好，多麼發人深省的一句話啊！學校把它鑲嵌在紅樓正中，一個最醒目的地方，我也把它銘刻在心底最深之處，永誌不忘。

今後，不論我走到何處，只要我仍在杏壇，仍在窗明几淨、春風穿戶的教室，仍在校樹青青、庭草萋萋的學園，我但願自己，永遠帶著這句話，永遠帶著良心與微笑，帶著愛與誠懇，去面對講台下的每一位學生。

二、「我再說一次！」

直到今天，我仍然時常想起她，一個任粉筆灰，霜似地飛上兩鬢的女人。她並不漂亮，但發自內心的善意與關懷，照亮了她整個臉龐，使她自有一種與眾不同的神采和氣質。當她走上講台，她也就把光輝帶進了教室。

作爲一位數學教師，不論晴雨，她的脣邊，總浮現著雲朵似的溫和微笑。在課堂以外的地方，據說，她總是不遺餘力地在設計最深入淺出的教學方式；而在黑板前，她又總是那麼恰到好處地亦莊亦諧。並且，一次又一次地，想盡各種辦法，用盡各種比方，讓我們簡單而缺乏訓練的頭腦，終於能了解那艱深難解的排列組合，或複雜可厭的三角函數。

是的，作爲一個數學教師，她不只是賣力地講課而已；更重要的是，她化解我們對數學的恐懼與不安，重建我們對這一門科目的興趣和信心。

她洞悉我們好逸惡勞、因循怕難的心理，因而一一指引我們，如何在一連串看似複雜、實則井然有序的公式圖形中，去玩數學的魔術，去欣賞線條的趣味，去領略步步演繹的快樂，去探索小心求證的祕訣；或是去發現邏輯的推理，原是多麼精密迷人的思考過程。

在課堂上，每講完一個段落，她總習慣性地停下來，讓我們在神奇而變化豐富的數學天地裡，沉思片刻，然後試探性的問著：

「對於這一部分，有沒有人不懂？不懂的同學，沒有關係，請妳們舉手發問，我再說一次！」

她的口氣，總是那麼誠懇；她的眼神，總是那麼溫和，眞的讓人感覺到，她是多麼渴望我們能完全理解、完全接受、完全吸收。因此，許多沉默、被動慣了的同學，就在她不著痕跡的鼓勵下，養成了有疑惑在心，便「如鯁在食，不吐不快」的習慣。而那樣「知之爲知之，不知爲不知」的求眞精神的形成，正是我們對於學問，不欺騙自己、不逃避問題、不含糊苟且的開端。

幾乎每一天，每一堂數學課，「我再說一次」的故事都不斷重演。

一直不覺得這樣簡單平凡的話裡，有著怎樣深刻動人的意義；直到有一天，自己也成了人師，當台下的學生，因爲一篇簡潔深奧的古文，難以理解，而流露出困惑的眼神時——

「我再說一次！」

同樣的話，脫口而出，我看見學生臉上，浮現安心滿意的表情。並且，更專注地俯下頭來，審視書中文字，傾聽我做另一次的分析。

然而，那樣遙遠特殊的時代背景，那樣錯綜複雜的人間感情，那樣強烈痛苦的內心衝突，或許不是一兩次的品味，就能完全領略的。因此，我再三從頭細說，並且反覆鋪陳比喻，直至台下的學生終於心領神會，並對書中人物悲壯無奈的選擇，露出惋惜讚嘆的神情爲止。

從來沒有那麼辛苦的一堂課！但也從來沒有那麼令人興奮的頓悟感受！彷彿一道光，照澈某些渾沌。我終於明白，當年數學老師口口聲聲、不斷重複的一句話——「我再說一次！」——的背後，原來凝聚了多少有教無類的愛心和不厭其煩的耐心。

而耐心與關愛，那或許正是一個教師，讓學生永遠感受敬愛的充分必要條件吧？

因此，直到今天，我仍然時常想起她，一個任粉筆灰，霜似地飛上兩鬢的女人，一個把「我再說一次！」吟成口頭禪的數學教師。只因爲在那有限的一年光陰裡，她所教導、啓示我的，不只是數學本身，更是一種萬金不易、終生受用的教育工作態度。

三、結善緣

佛家說：「同舟共渡，要修五百年。」

對於人與人之間的聚散離合，這是一種很美、很溫馨的講法。因爲，它摒除了「人世無常」的悲觀，卻另以一種豁達有情的眼光，來看人間無可解釋的邂逅聚首的因緣，爲芸芸眾生心中成千成百的叩問，提供了一個中止疑惑的不答之答。

我十分喜愛這樣耐人尋味的講法。

因此，每當新學年開始，一批新學生與我相對，當我們彼此的眸光，欣然相遇，我便常以這番妙喻，來做第一次見面的開場白。

而當台下的學生，終於情不自禁地從眼角眉梢，露出會心的微笑時，我便知道，橫在彼此之間，那不必要的陌生、隔閡與矜持，都完全消失了。

畢竟，在茫茫人海中，一個人能和其他數個或數十個來自不同家庭、不同背景的人，同聚一座屋簷下，切磋研究，共度生命之中，飛鴻雪泥，值得紀念的一段時光，也並非易事。難得的緣分，難道不該好好珍惜麼？這樣一想，對於未來和諧美好的相處，台上台下，便都有了最基本的信念，和良好的默契了。

雖然，也許有人會提出不同的看法，但我始終相信，眞正頑劣不堪的學生，並不存在；校園裡，沒有一株正在成長茁壯的新苗是無可救藥的。如果，對於生命正如日初昇的青青子衿，我們都不能存有樂觀的想望，那麼，對於整個世界，我們又將抱持何等悲傷絕望的態度呢？

學生的心靈，往往純淨光潔似嶄新的白紙，雖有時不免迷迷糊糊，犯下一些瑣碎惱人的細微過失，但這並不足以抹煞他們本性善良的事實。相反地，在單純規律的校園生活中，未受現實汙染的學生，往往是最憨厚可愛、最沒有心機，同時，也是最能知所回報的人。

在他們心底，老師永遠居於一個崇高的、無可取代的地位；他們敬愛老師、信任老師，對老師永遠充滿眞誠無僞的感情——如果，你曾經全心全意爲學生付出，如果你的出發點，眞的只是一個愛字。

當然，教育工作的本身，有許多不足爲外人道的清苦。教育工作者的酬勞，也並未豐裕到令人怦然心動的地步。然而，人生的快樂，不能以工作負擔的輕重，做爲評估的標準；世間有一種價値，也無法以薪水袋的厚薄來衡量。在校園裡辛勤耕耘的園丁，雖然奉獻了似水年華與可貴的青春，但卻收穫了一枚又一枚精神快樂的碩大果實，締結了人間一場又一場美滿溫馨的善緣。

是的，結善緣！

當春風之中，含笑枝頭的桃李，又紛紛然欣欣然綻開時，讓我們衷心期盼，世上每一處，每一次的師生一場，都是人間芬芳善緣的締結吧！

——七十一年六月十五日《中華副刊》

編按：本文之「我再說一次」、「結善緣」分別選入國中國文課本

我心匪石（後記）

螢光幕上，那位穿著桃紅泳衣的選手，方自水中躍上乾爽的地面，無數記者與鎂光燈便包圍上來：

「請問妳對自己破紀錄的成績，有什麼感想？」

「我不知道。」

身材健碩的女選手，甩了甩溼淋淋的頭髮，微笑著輕輕回答；然後，她的眼光穿越人群，望向遠方，彷彿自言自語：

「——一方面我很興奮，但另一方面，我覺得心頭的壓力好像更大了。因為，對我而言，最重要的一件事是，下一步我將如何突破自己？」

三年前，當我的第一本散文集《群樹之歌》出版後，同樣的感覺也曾在我心底翻騰。有很長一段時間，我一直處在一種很深的徬徨與沉思裡，因為我不知道，自己即將從事寫作的篇章，在表現的手法上，應如何地求新求變？我不知道，自己的下一本散文集，應以何種風格問世？

這些問題，不斷叩擊著我的心靈，只因為我覺得，在寫作一事上，任何一個筆耕者，都應是只許前進，不許後退，也不許原地打轉的。

曾有人依內容性質的不同，將散文分為六大類型：抒情、寫景、說理、詠物、敘事、述志；如果以這個標準來考量我的第一本散文集《群樹之歌》，很顯然地，那幾乎都是抒情詠物之作，而且篇篇都非常強調美感經驗，感性十分濃烈；也許，這是我個性的投射使然。因為在生活裡，我所嚮往追求的，便是一種浪漫、自由、單純與美麗的世界。

但我實在擔心自己的作品沿此路下去，會走進纖巧穠麗傷感的死胡同，而不克自拔；於是，《群樹之歌》以後，我盡量調整自己的步伐，收斂自己多餘的感情，並且希望藉著閱讀一些嚴肅說理的書籍，來增加作品中的知性；我渴望自己能揚棄鉛華，開始走一條較樸素的道路。

老實說，我不知道自己成功了多少？也不知道自己這樣的刻意求變，究竟是不是一個正確的選擇？但我知道自己是嘗試著在摸索、在突破，希望走出另一條屬於自己的路來。

我寫作的速度不是很快，經過三年的時光，始出第二本散文集，這在許多多產的作家看來，實在不是一個令人滿意的成績。但寫作於我，既是精神領域中最遼闊可愛的一塊淨土，我太看重此事，因此，我也就不求速效，而只問是否忠於自己的文學良心。

當然，我不否認，作為一個筆耕者，如果她又身兼人師、人妻、人母三種角色，當教書是她的正業，主中饋是她無可旁貸的責任時，那麼，寫作的衝動確實往往只得被安撫下來、按捺下來；而腦海裡的靈感，也往往只能被濃縮成記事簿上潦草凌亂的大要而已。

但我並不想做一個輕易承認失敗的人，所以，我雖然深深感受到現實生活中，種種惱人、消磨壯志的瑣事之可怕，但在這一切的背後，我依然不願輕易放棄有著寫作與讀書的那種生活。

「寫作與讀書」，這幾個字的英文縮寫正好是WAR，而對我來說，現實的日子裡，如果沒有這個挑戰，我或許會過得比較輕鬆逍遙；但相對地，人生也將因失去這份挑戰，而整個乏味、黯淡、萎縮下來。

《詩經．邶風．柏舟》中，有兩句話，我一直很喜歡：

我心匪石，不可轉也；
我心匪席，不可卷也。

磐石也有可轉移之時，但一分堅強的信念與志趣，若深深植根在生命之中，在血肉盤結之處，那麼它便是無法動搖，不可祛除的。

但願在寫作之路上，這也是我始終抱持的態度。

最後，關於這本散文集，承蒙曉風女士在百忙中，賜下一篇珍貴的序言；九歌出版社慨允出版，謹在此一併誌謝。

特寫：

光陰女子——素描陳幸蕙

鄭賜榮

與陳幸蕙相識、交友，繼而結婚以來，已有二十年之久。我們是共同成長，一路扶持提攜走過來。彼此相知至深，常常無需落入言詮，就能完全明瞭對方的心意；但感覺上，她仍又是那麼令人「新奇」的人。她創意十足，不走舊路，不重複自我，總是要布置新局，以新的面貌表現人間世物。我深受磨練，隨時處於新局，倒也累積不少心得，大有「欲評陳幸蕙，非我莫屬」之概。只是這次，有人邀我撰文略述，前後思量，不免躊躇。因為許多事是那麼真切、那麼有趣，但往往將之「理所當然」化了，並且許多事又是那麼「新得層出不窮」，以我慣於理性思考的科技人員來說，固守於邏輯觀點的原則下，反而詞窮，亦難以盡敘。因此以下我僅能簡單素描幾筆，聊為交代。

記憶中，陳幸蕙每篇文章完成之後，發表之前，她都「按程序的」讓我先看，十多年來從無例外。當然，我心知肚明，表面上是要我「檢定」文章，事實上，「尊重我」的意義居多，並且也藉此讓我能一直參與她的寫作事業。雖然我未（應說無能）更正過她片言隻字，也難以提出創造性、突破性的「意見」。可是長久下來，我除了時受薰陶，獲益良多外，也幾可說了解陳幸蕙的「寫作大意」了。

她掌握寫作題材，常常以「益於讀者」為出發點，希望每篇文章對人、對社會有所助益。因此，基本上她是人道主義者。以往，她自認為胸襟尚未圓融開闊到能處理人世較黑暗的層面，所以早期作品描述人生的光明面為重點；近期，她關切人生百態，慢慢的以入世的筆調刻畫人生，企圖提昇人性的善念。如此在道德意識、俠義性格及唯美主義之個人特質下，陳幸蕙將寫作當成事業看待，看得比什麼都重要，也看得相當嚴肅，這是她自許欲窮一生之精力而投注的工作。我常常要她輕鬆些，也開玩笑問她：

「以人人羨幕的工作與職位來換取妳的寫作，是否願意？」

「不願意。」她毫不猶豫的答覆。

「將我與妳的寫作比較，哪個重要？」問她這個問題，她卻拒絕回答。理所當然的，我對她的「寫作」就格外尊敬了，因為它與我同等重要，不分軒輊。三年前，陳幸蕙毅然決然的捨去一切專、兼任教職，其決心之堅、之強，就不難了解。

曾經，她有晚上寫稿至深夜的習慣，且樂此不疲。不止影響身體健康，亦間接干擾了全家的生活作息。幾經小計略施，才獲倖免。說來已是大前年之事了，就在我生日之前，先預告她我要一份特殊的禮物，內容由我指定。可是她萬萬想不到生日當天，我要的禮物是「從此不得熬夜寫稿」。她雖身為女子，亦是君子型人物，一言既出，駟馬難追。倒真是做到了，兩年來沒有違背承諾。

說起寫作，陳幸蕙尚有一些人所未知的祕密，我姑且再多透露一些。

她是一位站著寫稿的文字工作者（她不以作家自居），如果持續寫一個上午，她幾乎就站立一個上午。其實家裡有一間她的專用書房，每次許多朋友來訪，絕都羨慕這個書房之雅之靜。書房內靠窗邊擺著一張不小的書桌，怪就怪在她不使用舒適的書桌寫稿，偏偏看上我臥房的書櫥，這個木製書櫥高及人胸，她拿來一本我參加研討會所使用的厚厚的論文集，當作墊腳石，就在這本書大小的方寸之地立足，開始站著寫稿，過著在家上班式的生活。

另外還有幾個怪癖，值得一提。每天上午陳幸蕙在開始站在書櫥前寫稿之前，她都要花半小時慢跑。慢跑場地就是家裡客廳及房間。只見她像巡邏兵一樣，沿著牆邊、走道，一間又一間、一回又一回地跑著。半小時過後，該日要寫的題材、架構就在腦海中成形了。接下來，她要做的事是把腦中的文章變成稿紙上的文字而已，以她的文字魔術技巧，將思維呈現於紙上不難。可是這當中，她又有了怪癖，她力求每張寄出的文稿寫得工工整整，不容絲毫塗改。因此，往往一篇文章要清稿數次方能出門。我時進忠言，何必浪費這麼多時間？她則回答我：「這除了關係敬業精神外，在清稿之時，正好作文辭修飾的工作。」

寫作是一項沒有老闆、沒有伙計、沒有同事，亦沒有福利制度的行業。我曾經告訴她：「這種工作，除了需嘔心瀝血外，更要忍受長久的孤寂，以無比的毅力來約束自己，實在太辛苦了，為何一定要選擇這種工作呢？」

可是她處身其中，卻自得其樂；似乎一筆在手、一紙在前，頓覺情緒萬千，思維馳騁於一方稿紙天地之中，悠游其間，人生一大樂事也。

陳幸蕙也告訴過我：「人性本懶，要管理、管理，再管理。」她買了許多管理科學及較不軟性的書籍來看，轉化成自己的思維觀念後，下一步就切實執行了。大體上，她是苦行僧式的人，對自己很苛，將款待自己的物質需求降到最低。對每天的生活作息，都事先加以嚴格規劃，不輕意浪費時間，是典型的光陰女子。她甚至按一般在外上班的規定，按時簽到退，就在月曆式的記事本上鄭重其事地登註工作時間。一旦簽到開始站在書櫥前寫稿後，經常六親不認，電話不接，直到簽退為止。一年如一日，她硬是過著如此規律的生活，真正做到「在家上班」了。

在一般家居生活中，她則經常扮演設計者的角色。我們家的精神生活、文化生活都經她刻意設計。她有計畫地選擇好的影片、好的藝術節目、好的音樂帶，來讓全家共享，並且也有計畫地選購兒童讀物讓孩子們閱讀。她注重生活品質，排斥物質性的滿足。以其細膩個性、十足感性之特質，所經營出的家庭生活天地，極富文藝氣息。我不免想，文學不在古詩詞中、不在線裝書堆中，而是實實在在存在於生活裡。這一切現狀，乃是陳幸蕙有意且盡心經營的啊。

至於在日常生活裡，陳幸蕙也有不少她獨有的趣事。在我們家，傘是消耗品。只要她出門帶了傘，回家時大都撐著新買的一把傘。原因是帶出門的傘遺忘在車上，或遺忘在洽辦事情的地方。另外就是經常左右方向不分。哪天哪個計程車司機載了她，可要多多包涵，當她錯把右轉說成左轉，而車子又難以改向時，就一笑置之吧！

前年，當她讓兩個孩子參加「環保小奇兵」行列後，她就成了「環保大奇兵」。他們限制我使用塑膠袋，到外頭買東西，要自備容器，否則就得重複使用塑膠袋。家裡垃圾按規定分類，常常堆了不少塑膠類、玻璃類及金屬類東西，等到稍有分量時，就拿去餵「外星寶寶」。久而久之，我深受影響，在家也樂於執行她訂立的環保規則；兩個小奇兵隨身在側，亦「虎視眈眈」，在外頭我亦不敢絲毫鬆懈。如此下來，我也養成了環保習慣，共同維護環境品質。

陳幸蕙也是家中的室內裝潢師，我們家中幾十坪大小的空間，就是她表現才華的場地。她可以恰到好處地擺置花草，點綴空間；日常家具亦經巧手慧心安排。每隔一段時間，她習慣做一些小變化；牆上的畫變了，地下室、客廳及臥房的家具交流一番，相關的小擺飾來個小移位或大調動，原本放在左邊第一抽屜的東西整體遷移到右邊第二抽屜等等。有時讓我找不到東西，就得像尋寶似的，先行判斷收藏地點，再逐點搜尋；儘管如此，其實我亦不得不佩服她，這些變化，往往有畫龍點睛之妙。

說了這麼多陳幸蕙的私事，想對拉稿人交代得過了。人與人相聚是緣分，何況結婚並且一輩子生活在一起呢？那更是緣分了。但光說「緣分」，又不免太不切實際。許多事件之形成，往往離不開「條件」。具備相當的條件，則緣分恆久；否則流為露水姻緣。當然，「條件」的內涵極為廣泛，包括個人處世觀、道德觀、家庭觀……等等；其中，我們認為比較重要的是生活的態度及自我提昇的能力。陳幸蕙在這方面極其認真並頗具智慧，表現在日常生活上，就顯得充實、溫暖及從容，在平凡中不乏新奇。這種特質影響整個家，令我著迷。我已著迷了二十年，將來會再繼續迷下去。

——寫於民國八十年

九歌文庫 104

把愛還諸天地

著者　陳幸蕙
發行人　蔡文甫
出版發行　九歌出版社有限公司
臺北市105八德路3段12巷57弄40號
電話／02-25776564・傳真／02-25789205
郵政劃撥／0112295-1
九歌文學網　www.chiuko.com.tw
印刷　晨捷印製股份有限公司
法律顧問　龍躍天律師・蕭雄淋律師・董安丹律師
初版　1982年10月15日
增訂初版　2007年5月10日
增訂初版6印　2018年6月
定價　200元

書號　F0104
ISBN　978-957-444-400-7
（缺頁、破損或裝訂錯誤，請寄回本公司更換）

國家圖書館出版品預行編目資料

把愛還諸天地／陳幸蕙著．— 增訂初版．—
臺北市：九歌，民96
面；　公分．—（九歌文庫；104）

ISBN 978-957-444-400-7（平裝）

855　　　　96004024